的南陽街與
大人們的補習班

目錄

Part_1

那些學生教我的事

目錄

Part_2
補習班的那些事

Part_1
那些學生教我的事

Now I am a lake. A woman bends over me,
Searching my reaches for what she really is.
Then she turns to those liars, the candles or the moon.
I see her back, and reflect it faithfully.
She rewards me with tears and an agitation of hands.
I am important to her. She comes and goes.
Each morning it is her face that replaces the darkness.
In me she has drowned a young girl, and in me an old woman
Rises toward her day after day, like a terrible fish.
The Little Prince
Chapter 7
Love Is a Fallacy

武道狂森哥

可以容納三百人的教室裡，會選擇坐在第一排正中間的，往往都是傳統定義上的「好學生」。

在高二三模考班教了森哥兩年，每一堂課，他都坐在第一排正中間。

他第一次主動來跟我說話，問了一個問題，但是跟英文無關。

「老師，你有聽過『撇身搥』嗎？」

「蛤？」

「就『撇身搥』啊，國術的一個招式。」

通常在這種時候，我就知道自己遇上了一個難纏的怪咖學生。但是補教業既是文教業，也是服務業，基於服務業的精神，我還是面帶微笑，禮貌性地繼續跟他聊下去。

「是哦，我沒聽過耶。很屌的招式嗎？」

「老師，我用給你看好不好？」

「好啊。」

「但是可能會打到你的重要部位哦。」

「那你還是在板哥身上示範好了。」

板哥指的就是上課的時候幫忙老師擦黑板的工讀生。

聽完我說這句，森哥馬上紮好馬步，腰轉正面，追著板哥發招了。

後來我才知道，森哥不難纏，也不是怪咖，他只是沒有朋友而已。

森哥是師大附中的學生。在前幾志願的學生當中，附中學生給人的感覺一向比較活潑外向，比較開朗愛玩，比起課業，更把心思投注在人際關係、社團活動、畢業典禮的籌畫或是戀愛上。然而，森哥給我的印象完全不是這樣。

他的長相是討喜的，幾乎像是一個卡通人物。身材矮胖，皮膚白皙，眼神無辜，兩手總是插在制服外套的口袋裡，頭髮總是剛睡醒的形狀。

「撇身搥」事件之後，他開始會在上課前與下課後來找我聊天。我發現他是一個武術迷，不對，應該說是一個「武道狂」。不管我有沒有興趣要聽，他總是滔滔不絕講著武術相關的事，巨細靡遺地分析他當天跟班上某個同學比武的過程，甚至講述張三豐或是葉問的事蹟。

可以想見，會在班上找人比武，或是找人聊張三豐的人，在學校一定是一個很不主流的邊陲角色。

熟了以後，森哥才向我坦承，他之所以會想學習武術，是因為從小一直被同學霸凌。

其實不用他坦承我也猜出幾分了，因為森哥就是一副典型「惹人霸凌」的樣子，他個人的「氣勢」非常弱，幾乎沒有「存在感」。說老實話，如果他是我的同學，我可能也會找機會捉弄捉弄他。

校園霸凌當然是不對的，但是校園霸凌也跟世間所有不對的事情一樣，都是無可避免的存在。一個班級裡面，一定會有霸凌者與被霸凌者，對於像森哥這樣的被霸凌者來說，上學往往是度日如年的，必須要找一個逃脫的出口，或是保護自己的方法。森哥選擇了武術。

我以為被霸凌是森哥最大的問題，後來才知道不是。

*

一次上課前的空檔，幾個工作人員圍在一起用 iPad 跟電腦對弈象棋，看狀況是一直被電腦慘電。此時，森哥出現了，湊過去跟他們一起玩，結果花不到幾秒就把電腦幹掉。

原來，除了是一個武道狂之外，森哥還是一個「棋神」。

他跟我解釋，他從小除了研讀象棋棋譜之外，還有跟職業級的師父討教。我說：

「我們這裡有一個男老師象棋也很猛，你要不要跟他尬一下？」

「好啊，他在哪？」

「他今天不在，禮拜四他有課，你要不要過來？」

「不行！」

那是我聽過最快如閃電而且斬釘截鐵的拒絕之一。原來森哥的媽媽管教甚嚴，每天放學半小時之內要回家報到，除了補習班有課之外，不得在外逗留，任何社團活動乃至同學邀約都不可以參加。總之除了上學與補習之外，就是回家。甚至連國小國中高中的畢業旅行，他全都沒有參加。

「你就騙你媽說補習班加課嘛。」

「不行，我不能騙我媽！」

森哥拒絕的同時本能性地往後退了一步，眼底閃過一絲不安。

我似乎了解了一點什麼。

隨著跟我越來越熟，森哥跟我說的事情越來越多。森哥上課的時間是週日上午，我下午在台中有課，所以下課之後必須匆匆買好午餐，然後趕往高鐵站。為了多跟我說一些話，森哥總是會陪著我去買午餐，再把我送到高鐵站。

「ㄟ，啊你不是說你下課一定要馬上回家，怎麼可以陪我來搭車？」

「因為我下午還要補數學，所以早上的課跟下午的課之間，這段空檔是我每個禮拜唯一的自由時間。」

「除了這段時間之外，完全沒有任何時間可以在外面？」

「完全沒有。」

原來如此。

高鐵進站，我也要跟森哥道別，趕課去了。每次這個時候，森哥總會說：「蛤，不能搭下一班嗎？」有的時候，頂不住他的請求，我還真的會在車站外多留十幾分鐘，繼續看他與高采烈地演繹一些剛剛學會的國術招式。

雖然距離下次相見之間也就不過就短短一週，但每次在車站外道別，森哥總感覺像有萬般不捨，像是想要抓住什麼東西，不願意放手。到底想要抓住什麼呢？每週一次僅有的自由時光？一個難得願意聽他說話的人？還是一個猶如大哥哥一般的存在？

他家裡確實有一個年齡與我相仿的哥哥。

＊

森哥的哥哥跟柯市長一樣是亞斯伯格症患者，也跟柯市長一樣頭腦非常好。他的哥哥當年高分錄取台大電機，目前仍在台大電機的博士班就讀。

談起他的哥哥，有時森哥像是在談論一個陌生人。

「他跟電腦裡的人談戀愛。」

「你是說網友嗎？」

「不是，是電玩裡的人。」

好吧，一個會對虛擬人物投注愛情的人，大概不會對自己活生生的弟弟投注太多感情吧，我猜。森哥的身材矮小，根據他的解釋，是因為他從小與哥哥共用一間房，共睡一張床，而哥哥總是讀書或使用電腦到深夜，影響他童年時期的睡眠，進而造成他的發育失調。

姑且不論這番推論有多少可信度，可以確定的是，森哥不是很喜歡自己的哥哥。哥哥考上很好的校系，也給森哥帶來一定的壓力。每當成績不盡理想，媽媽也會拿哥哥的豐功偉業來訓斥他。

對於森哥的家庭生活，我開始有了一些好奇心。

「所以你媽也是把你哥管很嚴嗎？以前他也是下課都回家哦？」

「根本不用管我哥自己就都宅在家了。」

「那你以後想跟你哥一樣，窩在家裡跟電腦裡的人談戀愛嗎？」

「不想啊。」

「那你就不能被你媽管死死的，要多出去跟同學們相處啊。」

「可是我媽說我哥現在好好念書，等以後有錢，自然就會有很多女生了。」

吃屎啦！我想要這樣講，但補習班老師畢竟也是老師，太難聽的話還是要吞回去，別嚇著森哥了。

於是我說：「第一，你真的覺得只要有錢就會有很多女生嗎？第二，你真的覺得只要好好念書就會有錢嗎？」

森哥沒有回答。這兩個問題對他來說太深了。

「我可以跟你保證，以後你哥既不會有錢，也不會有很多女生。」

這句話我也吞回去了。

原來森哥的媽媽從小就用「書中自有黃金屋，書中自有顏如玉」這種古老又欺人的思維在教育著，或者說，綑綁著自己的兩個兒子。把他們綁在自己的視線範圍之內，綁在自家的書桌前面。

森哥說媽媽不讓他參加學校的晚自習，也不讓他跟同學一起出去讀書。媽媽規定他要在家裡念書，而且念書的時候房門要敞開，讓媽媽看見。森哥在家裡，除了吃飯睡覺之外，就是念書。

手機只能拿來打給媽媽，接媽媽的電話。不能用電腦，連臉書帳號都不能辦。

「那無聊的時候怎麼辦？讀不下去的時候怎麼辦？」

森哥帶著狡猾的笑容回答：「我會打開課本假裝讀，其實自己跟自己在心裡下盲棋。」

偷偷在心裡下棋，這對森哥來說，已經是最大的叛逆。

＊

某次前往高鐵站的路上，森哥跟我說起了他國中時期的戀愛故事。

可想而知，森哥的戀愛故事，大概是單戀的故事。

女主角叫作溫蒂，是當時國中班上的紅人。說也奇怪，國中國小的時候，常常會全班的男生都喜歡同一個人，而溫蒂就是這樣的存在。森哥喜歡這樣的女生不是問題，問題在於他決定要追求對方，這就算是越級打怪了。

暗戀失敗可以自己舔拭傷口，明戀失敗可能就是公然被羞辱。

溫蒂生日的前一天，森哥特別擬定了一套計畫。放學後飛奔去買了一隻跟人身等大的熊玩偶，再飆回學校把熊玩偶放在教室，然後衝回家，剛好趕上放學後三十分鐘到家的門禁。為了怕熊玩偶被偷走，森哥隔天校門還沒開就先到校。

「那幹嘛不把熊帶回家，隔天再帶去送她？」

「怎麼可能，我媽看到熊會把我殺了。」

森哥當著全班的面把熊玩偶送給溫蒂，溫蒂沒有拒絕，一臉為難地收下了。接下來的劇情很像是故意編出來賺人眼淚的，但卻是千真萬確。

「我回家前經過資源回收場，發現那隻熊玩偶被丟在那裡。」

「太誇張了吧，那她一開始幹嘛收下？」

「聽說是班導叫她收的。因為我在國中是班上功課最好的，那時候快要基測了，班導叫溫蒂不要傷害我，以免影響到我考試的心情。」

熊玩偶與森哥的一片真心一起被丟棄之後，事情還沒結束。小孩子也有殘酷的一面，有時候受歡迎的漂亮孩子更是如此，他們在很小的年紀，就懂得利用自身的優勢來控制別人。

在班上呼風喚雨的溫蒂讓森哥成為一個被排擠的人，一個遭唾棄的人。一個噁心的人。

森哥說：「後來大家就把我當隱形，連我原本的好朋友也一樣。」

森哥絕對不是那種會受到小女生青睞的類型，矮胖的身材與家庭理髮廳剪出來的髮型已經扣了很多分。這就算了。他又總是穿著「一看就知道是媽媽買來的衣服」，過度寬鬆不是為了要耍嘻哈，是媽媽擔心小孩的身體還會長大所以故意買大的。這也算了。

最大的重點是，國中小女生正值喜歡壞壞男孩的年紀，在學校裡受歡迎的一定是那種髮型標新立異，穿著不合校規，把髒話當語助詞，有點混混氣息的男生。而森哥開口閉口都是：「不行，我下課要馬上回家。」「不行，我媽會罵。」「不行，我媽會把我殺了。」「不行，我媽不讓我用臉書。」「不行，我媽不讓我去畢旅。」

這就很難算了。

我只能說，那隻熊玩偶被森哥買到，算它倒楣。

森哥說起這段往事時刻意擺出一副雲淡風輕的瀟灑模樣，但是我知道他的心裡很受傷。他其實明白自己生活中的很多痛苦都該歸咎於誰，但是他不敢說，也不敢怪。因為答案就是他最怕的母親。

確實，森哥是我看過最怕媽媽的人。

上大學，往往是人生的轉捩點，所以我說：「沒關係，等你上了大學，就算放學還是要馬上回家，至少課與課之間有很多空堂，你就有時間去發展自己的生活與人際關係了。」

「不行耶，我媽說大學的空堂也要回家。」

「那我建議你乾脆考到外縣市去，遠離你媽對你來說比考上台大更重要。」

「我媽說，如果我考到外縣市，她會陪我搬過去。」

這一次，我辭窮了。

*

以師大附中的標準來看，森哥的學測考得並不理想。認分如他，當然是繼續咬牙拼指考。然而，儘管他依然不被允許有任何「旁騖」，每天早早回家，吃完飯就在敞開的房門裡面讀書，一次一次北區聯合模擬考下來，森哥的成績不進反退。

其實這是可以預見的。因為她媽媽為他設定的讀書方式根本是錯誤的。也許適合森哥那個亞斯伯格症的哥哥，但絕對不適合森哥。

明明是讀書的料，卻沒辦法把書讀好，往往只有兩個原因：放得太鬆或是繃得太緊。

在母親窒息式的管束之下，森哥沒有放鬆的權力。唯一的沙漠甘泉，就是每週日英文與數學補習之間的午餐空檔。現在，連這一小段時間也可能被剝奪了。

一如往常，下課後森哥陪我到高鐵站，他說：「我媽好像不想要讓我來補習了。」

「為什麼？補習費太貴嗎？還是效果不好？」

「不是，是我媽發現我在這裡交到朋友了。她不喜歡我在外面交朋友。」

森哥所謂的朋友，就是我。

「你媽怎麼會知道，你有跟她講哦？」
「她很厲害，她什麼都知道。」
「是因為發現你補英文之前都特別高興嗎？」
「可能吧。」

森哥終究沒有離開補習班，但是上課時越來越常發呆放空，下課後越來越少找我講話。那年指考前最後一堂課，考卷的閱讀測驗裡，講到父母親外遇對小孩子造成的衝擊。下課之後，森哥終於又陪我走去高鐵站。

可能是一時的情緒吧，也可能是知道我們以後將沒有什麼機會再見面，森哥突然對我掏心掏肺起來。

「老師，你剛剛不是有說到爸媽外遇嗎？其實我爸就是這樣。」

他以為我會很驚訝，但我很平靜地跟他說：「很多人的爸爸都是這樣。」

森哥繼續說下去：「所以我媽媽從小就把一切都寄託在我跟我哥哥身上，只要我們哪裡不順她的意，她就會打我們。」

說到這裡，武道狂森哥哭了。

我幾乎想要把他擁入懷裡。

我說：「很多小孩家裡都有狀況，很多大人都因為自己的不如意而讓孩子受折磨。但是你要讓自己強大起來。你不能被媽媽限制住。總有一天，你要學會反抗你媽，這樣你才有辦法真正長大。」

這時候，森哥說了一段很妙的比喻，我聽得出來他早就在心裡彩排過這段話。

「我就像是馬戲團裡的小象一樣。牠們從小就被打怕了，所以就算後來長得比人類大很多，還是不敢反抗。」

原來森哥這麼喜歡武術，不是希望自己變強之後可以抵擋同學的欺負與霸凌，而是希望自己變強之後可以突破母親的枷鎖與囚禁。

我就要搭上高鐵趕去台中上課了，只剩下一點點時間可以再跟森哥說幾句話。

「我知道你的家裡有問題，我也知道你很怕媽媽。但是，無論如何，請記得，你一定要跟媽媽溝通，叫她不能完全限制你的自由。如果她是不能溝通的，那你就要叛逆一點，想辦法反抗她。叛逆一點，知道嗎？」

因為大概是最後一次，所以我刻意把話說重。

結果森哥再次本能性地退了一步，說了一句我萬萬沒有想到他會說的話。

「算了，你還是不要帶壞我好了。」

倉促的告別之後，森哥轉身離開了。那是我最後一次見到他。

畢業之後，相熟的學生們都會繼續跟我保持聯繫。但是森哥的手機是母親專屬的，又沒有臉書帳號。所以當他離開補習班，音訊也一起斷了。我並不知道他指考考得如何，也不知道他上了哪一所大學，讀了什麼科系。其實，我也不想知道，因為這對森哥來說並不重要。

無論上了什麼大學，讀了什麼科系，森哥的世界一樣是那個房門敞開的房間，森哥的第一考量永遠是母親的打罵。

也許他會繼續找人比武，繼續跟自己下棋。但他將很難有真正的朋友，更不用說女朋友。沒關係，因為他相信媽媽說的：「只要我現在好好讀書，等以後有錢了，就會有很多女生。」

我想，作為森哥的老師，我是失職的。

因為，我終究沒能把他「帶壞」。

高中宅神

上作文課的時候，我喜歡跟學生們一起腦力激盪，台上台下熱鬧互動，往往可以擦出很有意思的火花。

那一天是高一的課，我在黑板上寫下 My Idol 兩字。

「作文最忌諱千篇一律。大考中心的閱卷老師每天批改近千份試卷，內容沒有新意，怎麼脫穎而出呢？想想看，如果一篇寫偶像的作文，你第一反應寫下林書豪，結果一千人裡面有六百五十人都寫林書豪，而且你對林書豪還沒有什麼特別的感想，純粹只是因為 Jeremy Lin 這個名字的英文比較好拼而已，那你的分數會高嗎？所以，My Idol 這樣的題目，大家有什麼 idea，不用舉手，直接說吧。」

一位看起來就很愛不經思考發言的男生馬上說：「Lady Gaga！」

「很好，但感覺你也是因為名字好拼才寫她的。小心不要拼成 Lazy Gaga。」

一位綁著馬尾戴著矯正器的女生說：「李敏鎬！」

「很好，但妳知道怎麼用英文拼出這三個字嗎？」

討論熱絡起來之後，各式各樣的偶像傾巢而出。基本派會提出

NBA球星、演員歌手以及所有曾被冠上「台灣之光」四個字的人。虛擬派的會提出魯夫、鳴人或黑崎一護等等的動漫人物。溫情派的會說自己的爸媽。幽默派的會故意拍馬屁說他們的偶像就是我本人。

很好玩，但十分鐘過去，還沒出現太出人意表的答案，直到本篇文章的主角開口。

「山本五十六。」

這個答案出自後排一位身穿褪色 polo 衫，戴著眼鏡，滿臉鬍渣與痘疤，看起來根本不像高一生的胖男孩。

「誰？我只聽過五十嵐耶。」

一片哄堂大笑之中，這位胖男孩正色說：「他是二戰時期日本的海軍司令。」

然後他開始以全班都聽得見的音量細數這位司令的豐功偉業。

待他講到一個段落，我說：「好，以後我就叫你『日軍司令』吧。」

「老師，但山本五十六其實是我以前的偶像。」

「所以你現在的偶像是誰？」

「我現在的偶像是初音未來。」

全班靜默三秒，然後爆出如雷的笑聲，久久不能停歇。

實在太跳 tone 了，聽到的當下，我並不知道初音未來是一個深受宅男喜愛的虛擬歌手，還以為是哪個 AV 女優（算我思想太邪惡，我反省）。

從二戰時的海軍司令到宅男界的虛擬女神，這反差也太大了。

若山本五十六地下有知，作何感想？

樹大有枯枝，人多有白癡。這兩句話朗朗上口，但人多其實不一定有白癡，怪人倒是一定會有。而我必會鎖定課堂上這些奇葩，記住其座位與長相，往後每一次上課都要從台上跟他們互動。

每個老師的風格不一樣，有些老師欠缺幽默感，不懂得怎麼逗學生開心。有些老師自以為幽默，結果講來講去都是那幾個萬年老哏。我的作法是透過跟學生聊天互動製造笑料。這種時候，怪咖學生的效果遠比正常學生好。

從這個角度看，「日軍司令」是萬中選一的人物。

*

除了「笑果」之外，我接近這些怪咖還有一個原因：我喜歡跟他們交朋友。

他們通常沒有什麼朋友。

我似乎成了「日軍司令」在補習班裡唯一的朋友。

除了上課聯手製造笑料之外，課餘時間他也喜歡來找我講話，內容通常都是「很宅的」東西。例如某一天，他拿耳機給我，硬是要我聽他手機裡初音未來的歌曲。我看著他的耳機，想像著沾附其上的油漬與耳垢，實在有千百個不願意，但是盛情難卻之下，還是硬著頭皮把它們塞進耳裡。

「老師你聽這一段，她唱超快，快到連歌詞都聽不清楚，已經超越人類的極限了。」

「可是她不是虛擬歌手嗎？她的聲音不是電腦做出來的嗎？快到超越人類極限又怎樣？」

他觸碰手機螢幕，切換到另一首歌曲。

「老師你聽這一段，她音飆超高的，已經超越人類的極限了。」

「電腦的高音飆過人類極限又怎樣？法拉利的速度也超越人類極限啊。」

初音未來的歌迷們，若有冒犯，抱歉了，就當我沒有欣賞的慧根吧。

另外一次，「日軍司令」下課後興沖沖地跑進老師休息區，說要借用一下電腦，給我看一個很屌的東西。

「確定很屌嗎？不要又是只有你們宅男愛的哦。」

「不會，這次真的很屌。」

他搶走滑鼠，打開Google，輸入「艦娘」兩個字，點開某個網頁，頁面上盡是一些很「萌」的，如同高中美少女的動漫人物。

「很屌吧，老師，他們把日本所有的軍艦都擬人化。你看，這是大和號……。」

「日軍司令」開始長篇大論地介紹，講到手舞足蹈，講到嘴角冒泡。但我現在真的想不起來他說了什麼。我只記得自己最後跟他說：

「你還是讓我聽初音未來的歌吧。」

艦娘的愛好者們，若有冒犯，抱歉了，就當我沒有欣賞的慧根吧。

*

「日軍司令」沒有朋友並非我的推測，他自己曾多次坦承。

課堂上談到 bully 這個字，他在台下直接跟全班分享自己被霸凌的經驗。

「我小學一年級的時候就曾被六年級的拖到廁所打。」

「為什麼一年級就會招惹到六年級呢？」我問。

「不知道耶，他們好像以為我是三年級的。在廁所打到一半，其中一個人翻我書包，看到裡面都是一年級的課本，才說『ㄟ，不要打了啦，他是一年級的，不是三年級的』。」

「所以當時你們學校的六年級生是在進行什麼『獵殺三年級生』之類的計畫嗎？」

「也有可能是我長得比較欠揍吧。」

老實講，我沒辦法反駁這句話。

妙的是，「日軍司令」在講述這些童年的淒慘故事時，他的語氣可以說是「不卑不亢」，甚至帶有一點點得意的味道。彷彿從小被霸凌是一件人生值得誇耀的經驗。

一次，在課堂上聊到「排擠」，我說：「學校老師常常很不懂得體貼，明知道班上有一些被排擠的同學，每次分組報告偏偏要讓大家自己找組員，這樣就一定會有一些沒朋友的人落單。為什麼不直接用座號分組就好了呢？」

這時候，不用我 cue，台下的「日軍司令」主動贊同我說的話。因為他就是一定會在分組時被拋下的那種人。

「所以到最後你都跟誰一組呢？」我問。

「就跟其他那幾個也被排擠的人一組啊。」

「所以每次分組被排擠的都大概是同樣的那些人嗎？」我再問。

「對啊，差不多都那幾個。」

「那你們這幾個人為什麼不團結起來，每次分組就主動集合成一組就好了呢？何必每次都要當別人『挑剩的』？」我又問。

「日軍司令」沉吟了一會，說出了一個絕妙的答案，讓我們得以一窺被排擠者的內心世界。

「因為被排擠的那些人彼此也互相瞧不起啊。」

聽罷，我一時無語。

被歧視者在被歧視的同時也歧視著跟自己一樣被歧視的人，這個唸起來像是繞口令的句子其實是一個很大的命題。

例如有些人抱怨著白種人歧視黃種人，批評著種族歧視，宣揚著人人生而平等，然而一旦把到洋妞或是釣到洋男，心裡卻又不禁覺得與有榮焉。

「日軍司令」的一句話讓我陷入沉思，不過再繼續思索下去就要離題了。

咱們還是把主題拉回主角身上。

*

沒有朋友的「日軍司令」升上高二，我依舊是他在補習班裡唯一的朋友。雖然因為我在台上與他互動頻繁，他的名聲不脛而走，但大家似乎只把他當成一個在課堂上取樂的「題材」，課堂之外並沒有主動接近他的打算。

一次私下閒聊，我跟「日軍司令」說：「司令啊，你有沒有想過，如果你改變一下外表，也許就會比較受歡迎？」

「日軍司令」是澈底不修邊幅的。除了滿臉鬍渣與痘疤之外，他的頭髮一看就知道是最廉價的理髮廳剪出來的。他上的是週末班，所以我總是看到他的便服打扮。夏天的時候，他穿著一系列不同顏色但是同款式的polo衫（他說那是媽媽一次買齊的），腳踩涼鞋。冬天的時候更絕了，他會把國中的制服外套拿出來穿。

青少年會膚淺地因為一個人的容貌與打扮來決定要不要霸凌、排擠或是邊緣化那個人。（說老實話，豈只青少年，大人又何嘗不會這樣？）

在高中，如果你是一個不修邊幅，滿臉鬍渣與痘疤，穿著國中制服外套，腳踩涼鞋的人，你被排擠、霸凌或是邊緣化的機率就很高了。

倘若你跟「日軍司令」一樣，是一個不修邊幅，滿臉鬍渣與痘疤，穿著國中制服外套，腳踩涼鞋的胖子，你被排擠、霸凌或是邊緣化的機率大概有九成以上。

如果這個小孩的家境不好，衣求蔽體而已，我絕不會提出什麼改變外表的建議，但是我知道「日軍司令」的家境其實不錯，因為他曾說自己為了買軍艦模型而遠赴東京。

然而，「日軍司令」對於朋友的追求，似乎不及對於軍艦模型的追求。

聽完我的建議，他只是雲淡風輕地回了一句：「算了吧。」

也罷。

＊

高二下是各校畢業旅行的時節，臉書上常常看到學生們的打卡合照，紀錄高中生涯裡一段值得紀念的時光。

「日軍司令」告訴我，他整個畢業旅行都一個人。在義大遊樂世界一個人排隊，一個人搭乘那些遊樂設施。在墾丁的海邊一個人散步聽音樂。甚至連在飯店過夜都是一個人睡。

「太誇張了吧，怎麼可能一個人睡，不是都分配好四人一間或六人一間之類的嗎？」

「我的室友們都擠到別間去睡，沒差，我就自己獨占一間啊。」

同樣的，他描述這些事情的語氣沒有埋怨，沒有悲苦，沒有感嘆，也沒有一絲受害者的態度。

我開始懷疑，也許「日軍司令」並不需要同情，也不需要變得受歡迎的建議，也許他一個人真的過得很好，也許他不害怕霸凌，不害怕排擠，不害怕邊緣化。也許並不是每個人都需要朋友，也不是每個人在校園或補習班裡都需要社交生活的。只是因為大部分的人從小都習慣擁有，所以就誤以為這些東西是不可或缺而且值得努力爭取的。

「日軍司令」辨別出自己在群體中的位置，不想要逃脫，也不想要躲避，就這樣欣然待在那裡。

我腦中浮現一個畫面。在墾丁海邊，「日軍司令」穿著褪色的polo衫，踏著涼鞋，面對著閃著金光的海面，眼鏡下的眼睛瞇著，迎風四顧，躊躇滿志，耳機裡放著初音未來的歌曲。

一個人若能這樣宅到骨子裡，宅到自得其樂，宅到沒有怨懟，宅到不怕孤獨，似乎就有一種一般人難以體會的霸氣，也不辜負「司令」這麼殺的綽號了。

建中陳冠希

在一個補習班教室裡，作為一個好學生，你需要把老師在講台上說的所有話語都全神貫注地聽進去嗎？不用，尤其當你程度好的時候。

為什麼這麼說呢？

很簡單，因為一個教室裡兩三百人，大家的水平參差不齊，有的人已經遠遠超越高中生，有的人連成績比較好的國三生都不如。老師在上課的時候，不可能只教困難的，勢必要配合所有人的程度，所以常常需要把簡單的概念重頭再講一次。

如果老師在黑板上寫的，在講台上講的，你都已經會了，認真抄寫認真聽講又有什麼意義呢？這種簡單的道理，程度好的學生們是一定懂的。所以除了上課講義之外，他們往往會另外準備一兩本書。當我在台上講解他們已經完全熟練的東西時，就把握時間做幾題數學，背一點歷史。這對台上的老師來說不一定合情，但對台下的學生來說絕對合理。每次上課看到這樣的情境，台上的我並不覺得受到冒犯。

我會注意到 Allen 的原因之一，是因為他從來不會這樣。身為建中生，「照常理來說」程度應該比一般學生好，但不管我在黑板上書寫的東西多麼簡單，他總是振筆疾書；無論我在講台上講解的觀念多麼基礎，他還是眼神專注，側耳傾聽。

這只有兩個解釋：他要不是特別懂得尊重人，就是程度特別差。

還不認識他的時候，我不敢斷定答案是哪一個。

我會注意到Allen的原因之二，是因為他相貌出眾。一頭設計過的髮型，氣宇軒昂，五官深邃，笑容可掬，眉眼間透發英氣，一百八十公分左右的精壯身材，配上卡其色的建中制服，要不被台上的老師注意也難。

第一次跟Allen互動，我正在台上跟學生們談起智慧型手機普及之後，臉書占用的讀書時間。

「有誰為了學測把臉書帳號關掉的，舉手我看看。」

二三十個人舉起手來，包括Allen。

我又問：「但很多人都只是做做樣子，關沒幾天又手癢打開了吧？」

Allen坐在第二排，所以用正常的音量講話我就聽得見了。

他回答：「不會，我直接把手機上的臉書應用程式解除安裝了。」

幾週之後，下課時我在走廊上遇見他，他的身旁圍繞著幾個長相清秀的女同學，各個學校都有。套一句鄉民的話：人帥真好。

他微笑點頭：「老師好。」

我說：「怎麼樣？重新登入臉書了嗎？」

他的欣喜之情溢於言表：「哇，老師你竟然還記得！」

之後，我跟 Allen 就成了在補習班遇到會聊天的朋友。

沒錯，朋友。

比起其他老師，我跟學生們的年紀差距並不大，所以我喜歡跟他們交朋友，甚至稱兄道弟。他們不用叫我老師，叫我一聲「世偉哥」，或直接叫我名字都可以。

後來我發現 Allen 常常在補習班出沒，沒有課的時候也會來自習或是找朋友。他的身邊總是圍繞著一群男男女女，一樣，各個學校都有，裡面「甚至」不乏一些私校生。

為什麼我要說「甚至」呢？難道建中生就不能跟私校生交朋友嗎？難道會讀書的學生不能跟不會讀書的學生來往嗎？

不，不是不能，而是在升學補習班的生態裡並不常見。

在這條南陽街上，熙來攘往的學生們，身上的制服就是一種標籤，標示了你在升學光譜上的地位。前幾志願的學生跟排名末段的私校生就處於光譜上的兩端，通常是碰不在一起的。

這不是正確的，但卻是常態。

況且，Allen 身邊的朋友我也很熟，有幾個學生整天在補習班鬼混，從來不進教室聽課，基本上是來玩的。身為老師的我並不討厭他們，人生是自己的，每個人都有自己的選擇。再說，並不是每一個人都適合走讀書考試這一條路。老實說，雖然我是老師，但我自己也常常跟這些不念書的學生玩在一起。

然而，Allen 這種正在準備學測的建中生跟他們混在一起就有點妙了。一樣，只有兩個解釋：他要不是特別懂得尊重人與人之間的差異，就是他自己也不太讀書，也是來補習班混的。

學測成績還沒出來之前，我不敢斷定是哪一個。

*

時間快轉，學測放榜，Allen 的照片出現在各大報章雜誌與網路新聞上。因為帥氣的長相，他被封為「建中陳冠希」；因為卓越的成績，他被封為「台大五冠王。」Allen 學測成績是完美的七十五級分。他同時錄取了台大法律系、台大國企系、台大財金系、台大會計系、台大經濟系。

你以為只有這樣而已嗎？

他同時跨領域錄取了僅次於台大醫科的陽明醫科。

你以為只有這樣而已嗎？

他同時跨海峽錄取了香港中文大學與香港科大的商學院。

強。令人無語的強。

如果考場是一個殺戮戰場，他就是戰神呂布。

塗卡用的 2B 鉛筆，就是他的方天畫戟。

任何一個考生可以錄取上述任何一個學系都算三生有幸。他竟然一個人錄取那麼多，而且大部分都是去面試好玩的，根本沒打算要讀。

在台大待了四年，我也見過不少考場上的強者，但是沒有一個可以跟 Allen 匹敵。稍微接近他水平的，多半也是一副書蟲的宅男拙樣，完全沒有 Allen 的瀟灑帥勁。

重點是，他並非焚膏繼晷，拼死拼活考上的。

他焚香彈琴，羽扇綸巾，笑談間，考場上的敵手們就這麼灰飛煙滅了。

數日後，我又在補習班巧遇 Allen。

他的身旁依然圍繞著那些朋友。

「老師好。」

「不!不要再叫我老師了!請受草民一拜吧!」

想當然爾，補習班當然抓緊機會大肆宣揚，把 Allen 的照片印到每張色彩過度鮮豔的文宣上。Allen 也很配合，伸出大拇指，擺出恰如其分的微笑，得體地將自己的表現歸功於補習班。

然而，身為補習班老師的我可以告訴你，這功勞絕對不在補習班。像 Allen 這樣的人，把他擺到任何一間補習班，或甚至叫他完全不要補習，他一樣會考出七十五級分，一樣會成為「台大五冠王」。

這點，我可以保證。

*

資源分配不均似乎是世界的常態。

有些人可以坐擁多戶房產，屋子空在那裡，整天買來賣去，賺取巨額價差，靠著對這個社會毫無貢獻的交易獲取一般人連想像都不敢想像的財富。反之，有些人就算不吃不喝數十寒暑，也換不到幾坪遮風避雨的安身立命之處。

有些人可以坐享齊人之福，左摟右抱，情人與情人之間無縫接軌，中間劈幾次腿，再穿插無數次稱不上正式劈腿的露水姻緣，感情生活直逼中國古代帝王。反之，有些人單戀數十寒暑，好人卡多到可以兌換好人公仔，直至中年仍難脫處子之身。

一個人的優缺點也是資源。

像 Allen 這樣的人，幾乎獨占了所有優越的特質。長相好，身材好，頭腦好，個性好。強大到了頂點，卻也謙虛到了極點，每受我誇獎，總是誠懇回以「是老師教得好」。

縱使我們都知道這一切與老師無關，全是他個人造化。

還記得我一開始說的吧，Allen 每一堂課總是專心抄下我黑板上寫的所有筆記。後來回頭想，那些東西他百分之一千萬已經熟練到不行了，他不辭辛勞不厭其煩地，浪費時間浪費精神浪費原子筆墨水抄下那些對他來說簡單到爆的東西，純粹只是為了表達對台上講者的尊重。

這樣的氣度，這樣的教養，哪裡找得到呢？

而且這樣的氣度與教養竟然出現在一個極品的人傑身上，豈不更加難得？

反觀，有些學生程度極差，不會讀書卻也沒有別的才華，相貌平庸卻愛做標新立異而且缺乏美感的裝扮。這些都算了。重點是，當我在台上揮汗講課，這樣的學生往往不屑一顧，嗤之以鼻，逕自聊天玩手機，電話響了就大搖大擺走到教室外面接聽，擺出一副「學費是本大爺付的，你能拿我怎樣」的跋扈姿態。

這樣的態度，這樣的教養，哪裡找得到呢？

而且這樣的態度與教養竟然出現在一個極端的廢咖身上，豈不更加討厭？

所以你說，一個人的優缺點是否也是分配極度不均的資源呢？

補充一點：Allen 的完美高中生活裡，連戀愛都顧到了。

他當時的女朋友是一個北一女中的學生，曾上過《高校誌》的封面。《高校誌》是以高中生為目標讀者的刊物，每一期會挑選一位高中美少女擔任封面人物，裡面還會有這個人的寫真與專訪。

所以我們可以推斷，Allen 的女友跟他一樣，也是個才貌兼備的角色。

這不叫人生勝利組，什麼才叫人生勝利組呢？

有些人可能會有疑問：考生談戀愛難道不會影響學業嗎？

我的答案是：不會被戀愛影響的那種人，談多少戀愛都還是可以把書讀好；會被戀愛影響的那種人，就算不談戀愛，一樣會被別的東西影響。

不談戀愛省下來的時間，他們也不會拿來讀書的。

*

得天下英才而教之，本來就是為人師表的大樂趣。但老實說，我並不把 Allen 看作被我教的英才。

他當然是英才，這點無庸置疑，但是沒有被我教。

課業方面，我沒有教他什麼，因為我教的他早就全都會了。做人方面，我也沒辦法當他的楷模，因為我遠不如他。

我傾向於把他看作人生中有幸遇見的「強者」。

我很喜歡遇到像是 Allen 這種，幾乎在各方面都優於自己的人。除了可以崇拜，可以仿效，可以拿來當寫文章的材料之外，最重要的是，這樣的人可以讓我自省吾身，也可以讓我懂得謙卑。

可惜這樣的人並不多。也因為不多，所以珍貴。

上一次遇到這樣全能型的超優質強者，是在我大四的時候。

大四那年，系上來了一個學弟，才一年級就在校園掀起旋風。他的相貌俊朗，有著迷死人不償命的笑容，除了是台大高材生之外，還有音樂創作的才華，做出來的歌好聽到不可思議，檯面上的創作歌手難有可以匹敵的。重點是，當他一開口唱歌，那聲音彷彿是來自天外的仙樂，令人心醉神馳，女孩們都要努力克制將他撲倒的渴望。

很快的，他有了出專輯的機會，卻為了專心完成學業而拒絕了。雖然他的才華如此出眾，嗓音如此迷人，地位如此不凡，卻還是保持十分謙虛的個性，甚至比多數同學都謙沖自牧（台大裡多的是驕矜自滿的人）。在系上的籃球隊裡，跟其他人一樣心甘情願做著學弟的粗活，裝水、帶球、占場地，沒有一句怨言。對任何人都客客氣氣的，絲毫沒有明星的架子。

我常常想，換作是我（或是大多數的人），在校園裡一定跩到尾巴翹起來。我是那種典型勝必驕，敗必餒的人。很容易忘自尊大，也很容易自暴自棄。所以能親身遇上 Allen 或是那位學弟這種人，我總是很開心，因為這樣一來，我就能知道人外有人，天外有天，如同前面所說，也能因此學會謙卑。

Allen 到底是何方神聖，只要 Google「建中陳冠希」就能看到許多他的相關報導。至於我那位學弟呢？剛剛忘了說，他的名字叫作韋禮安。

奇行種高材生

國中英文和高中英文最大的差異之一，就是國中生不用寫英文作文，但是高中生要。所以在國三升高一的先修課程裡，我通常會安插一堂作文課。

但是跟其他老師不同的是，我不會照本宣科地直接開始教什麼組織、結構、主題句、評分標準等等。為了不讓國三剛畢業的孩子們對英文作文望之卻步，我會先輕鬆地跟大家討論「想法」。

說穿了，一篇英文作文要寫得好，英文程度與技術尚在其次，內容才是最重要的。內容有意思，看慣千篇一律的閱卷老師心情也好，下手打分數自然比較溫柔。

那一天，在先修作文課上，我跟台下正在放暑假的國三畢業生們討論歷年的大考作文題目，看看大家有什麼想法。

「各位同學，你們講義上印的是學測與指考近十年的作文題目。現在，大家完全不要管英文，只要想想看，如何把這些古板的題目寫得有趣。你們放心，還要學三年的高中英文，你們才需要上考場寫這些作文，到時候你們的英文程度一定比現在強很多，但是沒有想法，什麼都不用談了。有時候看到一個題目，腦中一片空白，六神無主，不要說英文，叫你們用中文寫一樣的題目都寫不出來了。」

就這樣，我開始跟同學們一起腦力激盪，讓他們舉手對每一個題目發表想法。這是一個很好玩的過程，因為孩子們往往會說出一些天馬行空的可愛答案。

然而，有時候「太過」天馬行空，就比較稱不上可愛了。

本文的主角，堪稱天馬行空的王者。

我講到一個考古題：「旅行是我們最好的老師。」遇上這種題目，千萬不能只論述旅行的好處，一定要加入一段自身的旅遊經驗。於是學生們開始分享自己的旅遊經驗，穿插許多有趣的小故事。

坐在第三排靠走道的一個男生舉手想要發言。其實在他舉手之前，我早就注意到他了。不注意也難。此子身材魁梧，目測有一百八十五公分，肩膀寬大，平頭，微胖，眼睛細小，眼神呆滯。這些都不是重點，重點是他穿著一身（應該是cosplay用的）軍裝，搭配長靴。

一看就知道是個怪咖界的極品。但是，以貌取人不一定準，先聽聽他說的話再決定。

他分享的旅遊經驗是到紐西蘭高空彈跳。太棒了，很有新意，而且完全不怪，若是拿這樣的題材寫這篇作文，很有可能拿到高分。但是，還沒完，讓我們聽他繼續說下去：

「懸吊在高空彈跳的繩索上時，我轉頭看旁邊懸崖的石壁，發現上面有一些字。我仔細一看，才發現那些字是希特勒的遺言。」

全場頓時鴉雀無聲，三秒過後，哄堂大笑。

好吧，以貌取人有時候是很準的。他確實是怪咖界的極品。

課程繼續進行。我講到一個近年的題目：「最難忘的氣味。」這個題目當年難倒了不少考生。果然，舉手不如其它題目踴躍，描述一個記憶中的氣味確實不簡單。我建議大家可以從情感面切入，寫母親做的某一道料理的味道，或寫心儀的女生頭上的洗髮精香味等等。

此時，軍裝少男又舉手了。我心底竊喜，因為我太期待他要說什麼了。

「我是一個法國士兵。二戰期間，屍橫遍野之中，我發現一個德國士兵還活著，於是朝他額頭開了一槍。他倒下去，傷口長出一朵玫瑰。那朵玫瑰的香味就是我最難忘的氣味。」

全場頓時鴉雀無聲，三秒過後，還是鴉雀無聲。

就連台上的老師，也就是我，也想不出回應的話語。

多麼魔幻，多麼華美，多麼超現實，多麼搭配他的一身軍裝啊。這個人不只是怪咖界的極品，他根本完全活在自己的世界裡。

良久之後，我說：「以後，就叫你『法國士兵』吧。」

課程繼續進行。我講到一個最最八股的題目：「我的偶像」。孩子們的發言此起彼落，真實與虛擬的角色紛紛出爐。這一次，「法國士兵」沒有舉手，但是我以及全班同學都不願錯過他的答案，所以我直接點他作答。

「法國士兵，你的偶像是誰？」

先有希特勒在岩壁上的遺言，又有德國士兵槍傷上的玫瑰，我猜想他的偶像一定也跟軍事或戰爭史有關。

我猜錯了。

法國士兵幽幽地看著我，眼睛依然細小，眼神一樣呆滯。

他說：「我不崇拜人，我是要被人崇拜的。」

*

這位奇葩挾著古怪的行徑在補習班掀起旋風，不只在我的班上，在別的老師班上也一樣。那年暑假，幾乎每天都會有同學熱心地跑來跟我報告法國士兵的種種事蹟。

有人說他穿著長袍馬褂來上課；有人說他朗誦自己寫的詩；有人說他上課時坐在講台上不走；有人說他下課時躺在走道上不動。

我在臉書上加法國士兵為好友，發現他一天換好幾次大頭照。這並不可怕，可怕的是他在每一張大頭照裡都戴著假髮，男扮女裝，擺出瞎妹專用的可愛表情，還用瞎妹常用的修圖軟體修過。

我說過他是一個身型魁梧的平頭壯男，雖然每個人都可以有自己的特殊嗜好，我們不該批判，但老實說，他這樣做，真的還滿噁心的。

課餘時間，法國士兵也會主動來找我講話。他的話不多，每次都只有短短幾句，但那短短幾句都不太正常。

他說國中時他喜歡棲居於幽暗的樓梯間，經過的人都以為他是鬼，所以大家都叫他「鬼王」。

他說他明白自己是怪人，但是他國一之前都很正常，升上國二之後才突然變怪。

他說他籃球很強，常常一個人單挑全班另外三十幾個人，還是可以打贏。我問他三十幾個人是輪流上還是一起上，他說是一起上。

他宣稱：「我知道我很醜，但是，醜，就是我的特色。」

他給我看他寫的詩，字跡娟秀，漂亮得不像是出自一個怪人之手。（這樣講也不對，難道怪人的字一定要醜嗎？）

有互動的時候雖然奇怪，但還不到恐怖的境界；沒有互動的時候，就真的有點恐怖了。

什麼叫作沒有互動呢？

那年暑假，一個下午，我上完高二三模考班，正準備收拾東西回家。法國士兵出現在我身邊，一言不發，翻白眼。

這裡所謂的翻白眼，不是表示不屑的白眼，而是用力把整個眼球翻到眼眶後面，只露出眼白的部分。

我跟他寒暄，問他問題，他一概不理，只是靜靜地站在旁邊，用眼白看著我（如果眼白也可以看人的話）。

我做了一般人在這個狀況下都會做的決定：趕快離開。

想不到他硬是跟來，亦步亦趨地跟，如影隨形地跟，跟著我下電梯，跟著我過馬路，跟著我下電扶梯到捷運站。任憑我怎麼嚇阻，他都當作沒聽見，一句話也不回。直到我刷卡進入捷運站，他才終於停步，站在刷卡機外面目送我遠去（如果眼白也可以目送人的話）。

＊

漫長的暑假過去，這群國三孩子踏入人生新的階段，也正式成為棲息在南陽街的主要生物：高中生。

法國士兵登場。他穿過軍裝，穿過馬褂，但是這一次的衣裝比任何一次都令人瞠目結舌。

他穿著建中的卡奇色制服。

不是cosplay，我問過了。

這個在岩壁上看到希特勒遺言的人，這個嗅聞敵軍士兵傷口上玫瑰的人，這個被稱作「鬼王」的人，這個會翻白眼不發一語跟著你的人，這個在臉書上男扮女裝的人，這個完全活在自己世界裡的人，他確實是貨真價實的第一志願高材生無誤。

我在台大讀書的時候，也遇過不少怪咖，所以知道很多頭腦好的人也會展現令人匪夷所思的行徑與僻性。

但是法國士兵真的太怪了，怪到了一種接近藝術的境界，與我曾經遇過那些「會念書」的怪咖還是有本質上的差異。老實講，不要說建中，我根本無法想像他穿上任何一所高中的制服。因為制服的裝扮對這個人來講「太過正常」了。

以升學的角度來看，他是人生勝利組的成員，但他是非典型的。

以升學的角度來看，他是高材生，但他屬於「奇行種」。

面對這樣的奇行種，多數人的反應就是笑：覺得有趣的笑或是鄙夷的嘲笑。善良一點的，把他當作茶餘飯後的話題；邪惡一點的，把他當作戲弄取樂的對象。但其實，這種「怪咖」的存在，還可以讓我們這些「正常人」思考一些事情：

怪咖？正常人？

我這篇文章寫到現在，出現了多少個「怪」字？

到底什麼是怪？什麼是正常？

正常就是優，怪就是劣嗎？如果不是，那為什麼古怪的法國士兵穿上代表優秀的建中制服時會讓人感到驚訝？

我們之所以「正常」，就是因為在乎他人與社會的觀感，時時刻刻用世俗的標準與價值觀調整自己的行為與思想。也因為如此，我們的幸福指數高低往往取決於他人的肯定或否定之上。

反觀，法國士兵沒有這樣的問題。他的小宇宙強大，建構了一個專屬自己的世界，棲身其中。他反社會，他不顧美醜，他打破性別，他像孩子一樣天馬行空。他穿上軍裝幻想自己是二戰的將領，他穿上馬褂幻想自己是中國的武者，他也穿上卡其制服，站在升學主義金字塔的頂端。

但他不一定在乎那一座「正常人」都在乎的金字塔。

也許，就像電影《模仿遊戲》裡面的圖靈一樣，最終，一個不正常的怪咖會成就沒有人能想像的事情。

但是，用「成就」來期許法國士兵，又陷入正常人的窠臼了。畢竟，所謂成就，也是世俗觀點的產物。

法國士兵啊，說教到你是我的榮幸，目前還太誇張。然而，教到你，確實是一件很酷的事情。

Part_1
那些學生教我的事

北一甜點師

遇到小珊之後，我才知道，太會讀書也是一種原罪。

第一次注意到小珊，是在我開設的「英文作品閱讀班」上。這個班的主要目的是讓學生讀一些美妙的作品，從中學習英文，後面我會另外寫一篇專文介紹，在此就不贅述。

那一堂課，我帶同學閱讀費茲傑羅的《班傑明的奇幻旅程》。「費茲傑羅最有名的作品就是最近李奧納多主演的《大亨小傳》。這樣一個偉大的作家，文字十分高妙，如果要翻譯他的作品，可不能隨便找一個譯者來翻。大家知道在日本，是誰負責將費茲傑羅的作品翻成日文嗎？」

問高中生這個問題等於白問，因為基本上不可能有人會知道。這時候，坐在第一排的一個女生開口，很小聲，彷彿只是在自言自語，但是我清楚聽見了。

「村上春樹。」

我幾乎歡呼起來：「正確答案！就是村上春樹！但這位同學，妳知道答案也太厲害了吧。」

她的身形清瘦，戴著眼鏡，紮馬尾，臉上的笑容給人一種十分靦腆的感覺。

她只是碰巧知道這個冷知識，還是真的特別博學呢？

第二次注意到小珊，是因為她在下課的時候拿出一本課外書來看。會看課外書的高中生不多。等等，容我更正，在台灣，不要說為了升學考試拼死拼活的高中生沒空閒讀課外書，不分年齡層，大部分的人民基本上是不閱讀的。

我定睛一看，她手上那本書竟然是谷崎潤一郎的《陰翳禮讚》。

那時候我就知道，這個學生不簡單。但我當時還不知道的是，她遠比我想像的還要不簡單。

第三次注意到小珊，她穿著草綠色的制服，胸前繡著一槓。原來是北一女中正要升上高二的學生。

奇怪的是，我的悅讀班開在暑假，她怎麼會穿著制服呢？總不會是刻意來炫耀自己第一志願的高檔身分吧？

「ㄟ，今天怎麼穿制服呀？妳們學校升高二就要暑輔呀？」下課時，我問她。

「沒有，因為我是儀隊的。早上要練習。練完直接來上課。」

「這麼酷，是要耍槍那種嗎？」

「對啊，但是我最近背受傷了，暫時不能拿槍。」

我問起她對英文作品閱讀班的看法。

「很棒啊。雖然大部分的作品我都讀過了，但老師你講解得很有趣。」

大部分的作品都讀過？

大部分的作品都讀過？

大部分的作品都讀過？

因為很震驚所以要問三次。

我在教書的過程中遇過幾個天才學生，當時我知道自己又遇上了一個。但我不知道的是，她遠比我想像的還要天才。

*

開始在高二三模考班教小珊之後，我發現她的成績很好，細問之下，知道她在學校班上每次段考都是前三名。

對於北一女的班上前三名來說，台大的窄門很寬，沒有意外的話，她大概也會擠進（其實也不用擠）前幾志願的科系。

然而小珊不只是一個會讀書的孩子而已。

或者說，她不是一個只會讀書的孩子。

我常常在台上分享我對運動的愛好，主要是籃球跟網球。小珊也熱愛運動，她喜歡的是足球。下課時她會來跟我討論足球。她是很專業的球迷，不是那種只有在世足期間隨潮流起舞的一日球迷。她認真 follow 英超、德甲與西甲聯賽，還會買原文的足球雜誌回來研究。

問題來了。英超、德甲與西甲聯賽在台灣轉播的時間都是半夜居多，她身為一個每天要早起的高中生，怎麼看這些比賽？

「反正睡不飽就隔天到學校再睡啊？」

半夜看球，白天到學校補眠。在學校要參與儀隊訓練，閒暇時間還讀那麼多課外書。我慢慢拼湊出來了：小珊是那種不太需要讀書也可以考很好的人。

簡單來說，就是讀書考試的天才，也是升學主義裡的既得利益者。

我可以想像小珊沒有花很多時間讀書。後來我才發現，她花在課業上的時間，遠比我想像的還要少。

占據她生活的嗜好，不只有課外閱讀、儀隊與足球。

她寫散文與新詩投稿。得過不少獎，作品常見於各大報副刊。

她寫十多萬字的長篇小說，放著不動，說要留待以後發表。

在台灣，一般高中生連學測與指考的國文作文都搞不定了，誰還有餘力舞文弄墨，煮字煉句呢？

她自學日文。目的是為了看懂網路上搶先推出、尚未有中文翻譯的動漫。

她自學德文。原因是喜歡歐洲文化，未來希望到歐洲定居。

在台灣，一般高中生連背英文單字都來不及了，誰還有閒情去學第二甚至第三外語呢？

小珊跟我說，她在國中畢業的暑假就曾一個人遠赴歐洲進行背包客的旅行。

「妳也太大膽了吧！年紀那麼小就跑那麼遠。語言不通耶。」我驚嘆道。

「還好啦，出去之前先研究好就好，現在網路資訊那麼發達。到了當地，其實只要基本的英文就夠用了。」

太令人汗顏了，國中畢業的暑假，我離家最遠大概只到過西門町。

不過，聽到小珊這樣的經驗，大概不只有我會汗顏吧。如果正在讀這篇文章的你是一個大學生，甚至已經是一個社會人士，可以捫心自問，現在要你背起背包，不跟團，不攜伴，一個人遠赴歐洲旅行，你敢嗎？

當然有人敢，但也一定有人會卻步吧。所以，一個還沒上高中的小孩子敢這樣闖蕩，多麼令人崇拜。

她的父母親一定很相信孩子的應變能力。

她的父母親也一定很清楚，自己的孩子是個腦筋超級好的天才。

這應該是好事，對吧？

*

在一個聖誕節，我才知道，也許小珊不希望父母親把她看作念書的天才。

她做了巧克力給我當聖誕禮物。那巧克力，無論賣相或味道都……非常專業。容我再說一次：非、常、專、業。

小珊厲害的地方很多，但原來她真正的專長，是做甜點。

小珊擅長的事情很多，但她只有一個夢想，就是當甜點師。

她說自己閒來無事（很難想像嗜好如此多元的她還會有閒來無事的時候）就會做點心拿到學校給同學吃。會照著食譜做，也會自己研發新招。

原來，小珊當年國中畢業前本來要申請一間餐飲學校，母親看到申請表直接撕掉，要她老老實實考基測。

母命難違，小珊只好心不在焉地、心有旁騖地、心不甘情不願地考完基測。成績出來，她上了北一女。

我了解，在很多人耳裡，這種事情聽起來頗哭天的。多少人焚膏繼晷、懸梁刺股、鑿壁偷光、用爬的也想爬進前幾志願的窄門都做不到，她憑什麼隨隨便便就考上？

沒錯，就憑她頭腦好。

聰明就是聰明，沒有什麼可供解釋的地方。

我們可以思考的是：如果我們是小珊的父母親，我們會不會，又該不該撕掉那張餐飲學校的申請表？

當你的孩子天賦異秉，輕輕鬆鬆就可以考進第一志願的高中，之後考進第一志願的大學，甚至是國外的頂尖名校，但是她（或他）唯一的志願卻是進入餐飲學校學習做甜點，你會怎麼做？

同樣的問題，可以套用很多背景：

如果你的兒子是念書的天才，可以輕易在升學體制之中稱王，但是他只想成為職業網球員，你要怎麼做？

如果你的女兒是念書的天才，可以輕易在升學體制之中封后，但是她只喜歡畫畫，你要怎麼做？

應該放任他們去追求自己的夢想，還是遵循「萬般皆下品，唯有讀書高」的古老智慧？

在台灣的環境，不可否認的是，文憑主義仍是主流思想。如果孩子剛好不適合念書也就罷了，乾脆順水推舟，任其自由發展；但如果孩子偏偏超會讀書，真要讓他（或她）放棄升學考試去追逐自己的夢想，我相信再開明的父母親都會覺得有點浪費天分吧？

原來，太會讀書也是一種原罪。

*

成為臉書好友之後，我跟小珊有時會用私訊聊天，聊她做的甜點，聊她讀的書籍，聊她寫的文章，聊她看的球賽，有一次還聊到她喜歡的男孩。

大部分的時間都是在深夜。

補習班老師在一般人晚上下班之後才上班，但是白天卻有大把時間可以休息，所以作息慢慢演化成晚睡晚起是很正常的。但小珊是一個高中生，每個晚上都不睡實在奇怪。

我問她為什麼總是那麼晚睡。

她說：「我想看路燈滅掉的那一剎那。」

果然是文藝少女啊。

升上高三，當有心讀書的高中生們全都為了迫在眉梢的升學大考焦頭爛額之際，小珊依舊氣定神閒地讀著她的閒書，做著她的甜點，甚至，她還跑去擔任一支業餘足球隊的經理，每個禮拜要到場邊陪著球隊練球。

一次，她在臉書私訊上跟我說：「今天天氣很好，適合在球場邊念書。」

好清爽的一句話，不帶一絲考生的鬱悶與升學壓力的慘霧愁雲。

我可以想像，那樣的日子裡，小珊坐在足球場，馬尾隨風飄揚。天空是藍色的，草地是綠色的，球員的皮膚是古銅色的，她帶去給他們分食的甜點是粉紅色的。補習班的自習教室與南陽街的 K 書中心狹窄而擁擠，但小珊不在那些地方。她戴起眼鏡，在太陽下翻開講義，開始為眼前的大考讀一點書。

我相信，在不遠的未來，無論是學測或指考，她一定會考得很好。

我也相信，在稍遠一點的未來，在屬於她的甜點店裡，無論是餅乾或蛋糕，她也一定會烤得很好。

Part_1

那些學生教我的事

遊俠

我從大二開始家教賺零用錢，智溢是我的第一個學生。我對這個名字印象深刻，因為他的媽媽曾這樣向我解釋：「老師記得哦，是『智溢』，不是『益智』。就是『智慧滿溢』的意思。智慧多到溢出來的意思。」

望子成龍，莫此為甚。

那麼，智溢的智慧是不是真的多到滿出來呢？

三個英文字：not even close。

三個中文字：差得遠。

不過智溢的父母，財產似乎多到溢出來。他們住在天母一棟高級公寓裡，樓下有網球場，出入的住戶中有不少洋人。而且早在十年前，那棟公寓的電梯就已經配有那種感應鑰匙之後，只能到自家樓層的保全系統。

戒備森嚴。

每次我到智溢家上課，管理員總會盡責地打電話上樓確認，再幫我感應電梯，放我上樓。

智溢的身材高大，略胖，嬰兒肥的臉上掛著一副無框眼鏡，看起來憨厚老實，有點遲鈍的樣子，而且不知道為什麼常常嘟著嘴。

智溢讀的是一間名不見經傳的私立高中。有多麼名不見經傳呢？這樣說好了，在我教他的兩年裡，我一直沒能搞清楚那間學校的確切名字以及所在地點。智溢也不太提，覺得丟臉似的。

智溢的家境優渥，但他的生活很苦——讀書讀得太苦了。

那間我一直不知道名字的私校，從高一開始就要求學生每天留下來晚自習。週六，智溢要去上一整天的全科補習班。週日，媽媽另外幫她安排了英文（也就是我）以及數學家教，加強主科。

你能想像這樣的生活嗎？

如此長時間高密度的念書行程之下，智溢的成績應該還不錯吧？

錯。正好相反。

他的程度非常差。有多差呢？多年後我成為大型補習班的老師，遇過數千名學生，如果把智溢放在這麼多學生裡面看，他的程度仍是數一數二的差。

簡而言之，我不是被雇用去教英文的，而是去「救」英文的。

在他房間裡上課的時候，我發現他有一個專長：放空。他簡直是放空達人、放空大師、放空帝王、放空界的 Lebron James。任憑我講到嘴角生泡，講到口乾舌燥，兩個小時的課程過去，他可以從頭到尾盯著課本，一點點反應都沒有。

我逼他在課本上寫筆記。問題來了，幾乎每個單字他都不會拼，所以我只好把他的課本搶過來，一邊講解，一邊幫他把所有筆記都謄上去。他就這樣靜靜坐在旁邊，眼神呆滯，一言不發地看著我振筆疾書。

有時候我會憤怒。有時候我又為他感到可憐。

一週又一週，沒有任何空檔，永無休止地接受他沒有興趣而且也聽不明白的課程轟炸，除了放空躲進自己的世界，他還能躲哪去呢？

幾堂課之後，我發現這樣單方面地對牛彈琴也不是辦法。於是買了一本測驗卷給他寫。一本數十回，每回一百分，寫完再來檢討錯誤的部分。

此時，我才驚覺智溢的程度之差。在我面前龜速寫完考題之後，一百分他往往拿不到二十分（整張考卷都猜同一個選項，分數都還比較高），等於整張考卷都需要檢討。

檢討沒關係。

我後來當補習班老師之後，常常跟學生說：只要你寫的那張考卷不是學測考卷或是指考考卷，多錯一題，就等於多賺一題。發現自己不會的地方，加以改正，你就學到東西。一張全對的練習卷，除了增加自信之外，是沒有任何價值的。

但是，這只適用在願意聽老師檢討的學生身上。

我費力檢討的時候，智溢還是在放空。

我知道，他完全沒有吸收。我就像是對著一堵牆說話。

雖然這很考驗我的耐性，但我忍住脾氣。因為我知道他被課業逼的很慘，我知道放空是他唯一的逃避方法。

直到他做了一件事，我終於不爽了。

我要智溢除了在上課時寫測驗卷之外，平常也要多寫多練習。一個怪象出現了：每次上課寫，他總是拿不到二十分；可是只要是我不在的時候寫，他每份測驗卷都只錯一兩題，能夠拿到九十六到九十八分。

這其實也不算什麼怪象，他只是偷看解答而已。

「為什麼現場寫都那麼低分，我不在的時候寫就那麼高呢？」

智溢無言以對，低頭放空。

「你偷看解答對不對？」

「沒有。」原來他也是會說話的。

「不要偷看嘛，這樣寫練習卷就沒有意義啦。」

「我沒有偷看。」

「你把我當白癡嗎？」我雖然忍住這句氣頭上的話，但我開始萌生放棄這個學生的念頭。

但智溢的媽媽不要我放棄。每次去上課，進到智溢的房間之前，他的媽媽總會殷切地拜託我：「老師啊，要請你多開導開導我們家智溢。智溢他其實很聰明的，但不知道為什麼，就是不喜歡讀書。」

「阿姨，智溢又要晚自習，又要上全科班，又要家教，一點自己的時間都沒有耶。這樣會不會把他逼太緊？」

「老師你不知道，我們家智溢很聰明，但就是有點懶，所以一定要逼。我跟我先生花那麼多錢給他補習上家教，也是想要讓他考上一所好大學啊。」

我當面回她：「我不知道你們家智溢懶不懶，但我知道的是，你們家智溢不聰明，也不需要逼。你和你先生花那麼多錢給他補習上家教，不如把那些錢拿去買一戶房產，以後留給他就好。不管妳怎麼逼，他都不會考上好大學的。」

開玩笑的。

我哪敢這樣粉碎一位母親（而且是我的雇主）的夢想。上面那段純粹是我心裡的

OS而已。

我教智溢寫英文作文。講了幾堂課之後，我給他半小時，要他在我面前寫一篇英文作文來看看。半個小時過去。他只寫了一句。一句，你沒看錯，就是一句。而且還是單字亂拼，文法不通，連字跡都很潦草的一句。

我想智溢需要多一點時間，所以出了一個作業給他，要他下週交一篇作文給我。下週，我來上課的時候，智溢確實完成了一篇作文。文分兩段，洋洋灑灑，義理辭章俱足。

翻開解答本一看，如我所料，他把解答上的範文一字不漏抄下。在我還沒放棄他之前，他已經放棄自己了。

那天開始，我不再把智溢看作一個學生。我只把他看作一份工作

下課離開之前，她媽媽拿錢給我的時候問：「老師，你現在是台大外文，那以前是讀哪個高中呀？」

「成功高中。」

「哇，你又考上成功高中，又考上台大外文，以前一定很用功讀書齁！唉，我們家智溢就是不用功。」

「不，我沒有很用功。我只是比較會念書而已。而考場上比我會念書的人多的是，妳確定要送你們家智溢上考場跟那些人拼嗎？」

我很想這麼說，但我沒有。

我拿了家教錢，轉身走出那個富麗堂皇的家。

*

教到芯蓉，是前一陣子的事情。

那本來是我大學時期一個好兄弟接的案子，他當時待業，暫時以家教餬口。後來他在大陸找到一份工廠的管理職，一個月之內必須動身，只好把芯蓉這個學生託付給我。

我當時剛離開補習班，投入翻譯與寫作，時間確實比較有彈性，外加拗不過兄弟的懇求，我也就勉為其難接下了。

想不到，幾個月的教學過程頗為愉快。

芯蓉身材嬌小，有著一雙無辜的大眼睛，稱不上多正，但看起來就是挺討人喜歡的。相處下來不難發現，她就是那種雖然沒有美到翻天覆地，但桃花一個接一個的小女生。

她讀的是私立女中，那個女中整體的升學實力不優，但芯蓉一直是班上的第一名。她是認真的女生，在周圍不是很理想的念書風氣之中，努力朝著自己夢想中的科系挺進。

上課的地點在古亭的麥當勞。第一次上課，我跟她說：「我一直都是站在台上上課，底下好幾百個學生，現在只單獨教妳一個，妳要好好珍惜哦。」

她說：「我知道，我有跟班上同學打聽過了，很多人都在補習班上過你的課。她們都說你上課很好笑。」

後來我才發現，上課的時候，她比我更好笑。

芯蓉雖然才高三，卻談過六次戀愛，算起來，從國一開始平均一年換一個男友。每次聽她描述那些愛情故事的片段，都覺得可愛得好笑。

「老師我跟你說，那天我朋友陪我去松山工農跟我前男友談判。」

「談判？」

「就談分手啊。老師以知道嗎？我超衰的，談完分手，我走下樓梯還跌倒扭到腳。就在我前男友面前，整個超丟臉。後來去看中醫花一千，看完中醫腳痛沒辦法搭捷運，坐計程車又花三百。談那一次分手超虧的。」

「老師我跟你說，我國中那男朋友超賤。只請我吃過一次東西，就到處說我是愛上他的錢。」

「那他那次是請妳吃什麼東西？」

「就一顆鐵蛋。」

「鐵蛋？請這麼道地。你們是去淡水玩是不是？」

「不是啊，就在學校福利社啊。」

「福利社賣鐵蛋這麼屌。妳確定不是茶葉蛋？」

「不是啊，就鐵蛋。我想說第一次給人家請，裝淑女吃少一點，就只點一顆鐵蛋。」

「淑女吃鐵蛋？這麼台哦。」

「老師我跟你說，家裡不讓我談戀愛。我現在跟男朋友出去，都騙我爸說我要去上家教。」

「妳爸不會發現嗎？」

「不會，因為我家教太多了。」

「那妳騙妳爸要去上家教，該不會還有跟他拿家教錢吧。」

「哈哈，會耶，就拿來當戀愛基金啊。」

芯蓉現任的男友是建中橄欖球隊的隊員，已經確定能以體保的方式上大學，所以不用跟芯蓉一起為大考打拼。

有一次上課，芯蓉說自己正在跟男朋友吵架，原因是她每天都要讀書或上家教，沒有時間陪他約會。那一次上課的過程中，芯蓉好幾次為了回男友Line，要求我暫停。

「老師，等一下。是他。」

芯蓉就坐在我旁邊，我看得到她手機螢幕上的訊息內容，她也不以為意。手機震動，她無語盯著。

我湊過去看。對方傳來的是：「就……我也沒感覺了。」

芯蓉想了好久，回了一句：「我可以多花時間陪你啊。」

幾秒後，對方回傳：「那妳的學測怎麼辦？」

芯蓉又想了好久。這一次，她沒有回答。關上手機螢幕，她的眼淚在眼眶裡打轉。我不知道要怎麼安慰她，只好假裝沒有看到她在哭，若無其事地繼續講解講義上的文意選填。

講到一半，芯蓉說：「老師，我們今天提早下課，上到四點半就好，可以嗎？」

這個年紀的孩子，哪一個不是春心蕩漾，急著戀愛？沒有人傾慕，也追不到，或倒追不到任何人的魯蛇也就罷了，索性清心寡慾，斷了妄念，好好讀書。反觀，對於那些兩情相悅，有幸讓自己喜歡的人剛好也喜歡自己的少男少女來說，因為大學考試而勞燕分飛，豈不可惜？

人生殘酷，最大的情敵往往不是一個真人，而是一種現實：門不當戶不對的地位壓力是一種；貧賤夫妻百事哀的經濟壓力是一種；讓小情侶無法朝朝暮暮的升學壓力也是一種。

芯蓉很在乎學測，她的目標是北大法律系。

我問她為什麼，她說：「小時候看影集覺得律師跟檢察官好帥。」

這種天真爛漫的回答最讓我欣賞。精打細算、深思熟慮過後得出來的夢想，往往反而失去了夢想應該有的熱血本質。

可惜的是，雖然芯蓉一直是全班，甚至全校的第一名，但是以她的水準來說，北大法律遙不可及。

她自己其實也清楚。

「對呀，我們導師跟我說，要是我真的考上北大法律，那我就破校史紀錄了！」

「所以妳要放棄嗎？」

「不要。」

她的眼神堅定到讓我不忍心建議她下修目標，甚至，我想要努力幫她接近夢想。

所以我教芯蓉的時候，是很認真的，不下我以前教高二三模考班的程度。

說到高二三模考班，芯蓉為什麼選擇家教，不去補習班呢？

第一，她認為補習班的工作人員有歧視私校之嫌。

第二，她覺得前幾志願（尤其是女校）的學生「嘴臉」太驕傲。

「拜託，以前高一我在補習的時候，有一次在櫃台算學費，我旁邊兩個北一女的學生還算錯耶，我算的才對。她們數學也沒多強嘛！在那屌屁啊。」

「可是芯蓉，妳上次模擬考數學才考四級分耶……。」

跟智溢一樣，芯蓉是整天上家教的私校生；但跟智溢不一樣的是，芯蓉沒有放棄自己。上了那麼多堂課，她一秒都不曾放空。她的眼裡還有光，心裡還有一把火燒著。

感覺被補習班工作人員瞧不起，她還會憤怒。

看到前幾志願學生意氣風發的樣子，她還會感慨。

學測迫近，芯蓉越來越拼了。常常早上八點開始上三個小時的數學家教，十一點開始再上三小時的英文家教，結束後直奔K書中心讀到晚上十一點。三餐就在家教的同時直接在古亭的麥當勞隨便解決。

我覺得她這樣太辛苦了，她卻甘之如飴，沒有抱怨。

「要是數學能考十級分我就此生無憾了。」

「如果真的能上國立大學，我就對得起列祖列宗了。」

我一路教她教到學測前一週。最後一堂課，我祝福她，並提醒她成績出來要Line

我一下。

結果，她的英文科考得很不錯，有十二級分，總級分在她們班上是第一名，在全校也排前幾名。

那麼，芯蓉到底可不可以申請上她夢寐以求的北大法律系呢？

三個英文字：not even close。

三個中文字：差得遠。

*

學測之後，模考班台下的學生面孔總會有所變動。

有一些人選擇離開：考得好的，當然專心準備備審資料，全力往理想學系衝刺；考得不好的，許多人也懶得再拼半年考指考，反正現在大學多得跟便利商店一樣，隨隨便便都有學校可以念，索性也就不繼續補習了。

有一些人選擇留下：考得好的，還沒達到自己想要的標準，強盛的企圖心讓他們願意為了最完美的成績多拼半年，於指考再戰一回；考得不好的，有些人也不願意屈就差強人意的學系，願意留下來加強實力，於指考報仇雪恨。

也會增加一些新面孔：他們多半本來沒有補英文，但是考完學測之後，發現自己英文需要加強，所以打算在指考前補半年的習。

那一天下課，一個我沒見過的建中生拿著剛剛在模考班寫的作文給我看。

「老師，幫我看一下這篇作文還有哪裡需要修改的。」

我們補習班的作文都是給老外改的。我一看，老外給他的分數是超高的十七分（滿分二十），直覺認為沒什麼需要改的。細看之後我更覺驚訝。

那一週我出的作文題目是：如果你可以回到過去，你會想回到什麼年代？做什麼事情？這位建中生寫說他想回到十九世紀的歐洲，親自去聆聽一些大音樂家的演奏。內容很有深度，用字恰到好處，行文流暢，除了一些小筆誤，幾乎沒有可以挑剔的地方。

我誇了他幾句，然後雞蛋裡挑骨頭地叫他把字寫整齊一點，兩段的字數分配平均一點。他謝過我之後，就要轉身離開。我對他產生了好奇心，於是叫住他。

「同學，你是新來的對嗎？」

「是的，我考完學測才來報名。這是我第一堂課。」

「以前沒有補英文嗎？」

「我沒有補習。」

也許算是刻版印象使然吧，他的建中制服與眼鏡底下的一臉聰明相，讓我直覺認為他是頂尖的強者——要拼台大醫科的那種人。

「怎麼會學測之後來補習呢？學測考不好嗎？還是……要拼台大醫科？」

「老師，你怎麼知道？」

「所以你學測考幾級分？可以上什麼系？」

「我考七十四級分。上台大電機應該沒問題。」

果然，刻板印象有時候是很準的。我猜到他要拼台大醫科，但卻完全沒猜中他想要讀醫科的原因。

「以後想當醫生呀？」

「沒有，其實我對電機比較有興趣。」

「蛤？那幹嘛不直接讀台大電機就好？家裡人逼你讀醫科？」

「不是耶，我只是懶得找工作。讀台大電機的話，畢業之後還要找工作。可是讀台大醫科，畢業就可以直接當醫生，不用找工作。」

這真是我聽過最有意思的答案，於是我心裡浮現更多問號。

「你怎麼會現在就想到那麼久以後的事情？你那麼討厭找工作呀？」

「嗯……因為我是一個很懶惰的人。想到要找工作我就懶。」

「奇怪了，既然你是一個很懶惰的人，應該要現在直接申請上大學，然後爽爽提前放假啊，怎麼會想要再讀半年的書拼指考呢？」

「因為讀書是一件很簡單的事情啊。」

因、為、讀、書、是、一、件、很、簡、單、的、事、情、啊。

他不卑不亢不急不徐地吐出這幾個字，沒有要耍屌，也沒有要開玩笑，只是在陳述一個對他來說再清楚不過的事實而已。

我被這樣的霸氣給震懾住了，完全忘記自己當時回答了什麼，只記得他轉身離去時的瀟灑背影。

後背包的背帶遮住了他制服上的學號與姓名。

我不知道他的名字，只能姑且稱他為——遊俠。

遊俠程度太好了，上課時總是面帶笑意看著我，從來不抄筆記。也許是上課的內容太簡單，也許是他可以直接用腦子記。

他寫的作文常常被我拿來當範文，印在講義上給其他同學參考。

幾週過後，我跟遊俠成了好朋友，發現他除了超會讀書之外，還是桌球與小提琴的高手。重點是，人超好相處，完全沒有強者的驕矜自滿。

後來，遊俠終究沒有考指考，沒有去讀台大醫科，他決定跟隨自己的興趣進入台大電機就讀。

進了大學之後，他常常回來補習班看我。他說他現在過得很快樂，因為身邊都是比自己聰明的人。

*

我分別在人生的不同階段，遇上這三個學生：讀大學賺零用錢的時候遇上麻木的智溢；在補習班拼地位的時候遇上瀟灑的遊俠；暫離補教界專心翻譯寫作的時候遇上逗趣的芯蓉。

智溢之所以請家教上全科班、每天晚自習，無非是想要考好；芯蓉每天在古亭麥當勞上課、在K書中心苦讀，無非是想要考好；遊俠在學測後報名補習班並主動來討教作文，無非是想要考好。

這三個孩子的目的都是一樣的。那麼，請容我問各位一個問題：智溢與芯蓉有沒有可能考得贏遊俠？

作為他們的老師，我提供我的答案：沒有意外的話，絕無可能。

什麼叫意外？舉例來說，遊俠在大考當天食物中毒；或者，遊俠在大考當天忘了帶准考證；或者，遊俠在大考當天跑錯考場。

這樣智溢跟芯容就可以考贏了嗎？不一定，因為就算遊俠的作答時間被耽誤了，或是帶著劇烈的腹痛應考，仍有很大機會可以考得比他們好。

那不然，遊俠大考當天忘記出席，直接缺考。這樣麼誇張的意外之下，智溢跟芯蓉總會考贏了吧？

答案很殘忍——還是不一定。因為大考有兩天，只要遊俠隔天記得去考試，他仍可能只用一天的成績就贏過他們兩天加起來的成績。

智溢與芯蓉在高中的生活裡，都投注了很多時間在課業上，結果怎麼會一點機會都沒有呢？

這就是我要問大家的問題：努力讀書有用嗎？

問得更精確一點：在天分的差異面前，努力讀書有用嗎？

正在讀這本書的讀者啊，如果你是國高中生，一定常常聽到老師諄諄告誡你要努力讀書。有沒有聽過哪個老師勸你不要努力讀書啊？應該沒有吧。

現在，我就以一個老師的身分，請你不要努力讀書。

你應該做的是：努力找到自己的天分所在。

否則，一切努力都是枉然。

舉個簡單的例子來說明好了：

在我們那個年代，會愛上籃球，通常只會因為兩個人：麥可喬丹與井上雄彥。

井上雄彥用一部萬年不退流行的《灌籃高手》，讓我們感受籃球的熱血與鬥魂，麥可喬丹用凌空飛翔的絕美姿態，讓我們體驗籃球的至高美感。

麥可喬丹的球技出神入化，堪稱「籃球之神」。

井上雄彥的畫技登峰造擊，堪稱「漫畫之神」。

請問：如果井上雄彥努力練球，比麥可喬丹努力五倍，他可否琢磨出超越麥可喬丹的籃球神技？

請問：如果麥可喬丹努力練畫，比井上雄彥努力五倍，他可否創作出超越《灌籃高手》的傳世經典？

如果你覺得答案是肯定的，那請你放下書吧，你已經 out of your mind 了。

讓我再問一次：努力有用嗎？

努、力、有、用、嗎？

有。前提是，你要先找到自己的天分所在。

回到我們故事的主角。

智溢與芯蓉的天分都不在讀書。他們把高中三年全部投注在晚自習、全科班、家教、K書中心裡面，他們賠上了整段大好青春，只為了武裝自己，讓自己變得更強，然後上考場殺敵。上了考場，卻遇到遊俠這種人，彷彿在戰場上遇到呂布，生還的機會趨近於零。

人生在世，必有欲望。有欲望就有爭鬥，有爭鬥就有戰場，有戰場就有勝敗。不是常聽人家說「考場如戰場」、「情場如戰場」、「職場如戰場」嗎？可見世間處處是戰場，而最冤枉的，不是在戰場上輸掉，而是打從一開始就上錯戰場。

遊俠讀書，上了考場。他上對了戰場。他進了台大電機，遇到很多跟自己一樣有理工天賦的人，覺得快樂。他繼續打桌球，繼續拉小提琴，繼續覺得「讀書是一件很簡單的事情」，然後他驚喜地發現，周遭很多人讀起書來，甚至比他更輕鬆寫意。畢業後他也許會投身業界，也許會繼續進修，總之，他會學以致用。他高中時花在讀書上面的時間並不多，但投入的每一分每一秒都沒有白費。

智溢讀書，上了考場。他上錯了戰場。他整個高中都在課業之中放空，結果只是從一個名不見經傳的高中進入一個更加名不見經傳的大學，遇到很多跟自己一樣一路放空上來的人，大家一起蹺課，偶爾上課就一起放空。哦，容我更正，現在有了智慧型手機，他們可以上臉書，玩「神魔之塔」，沒有必要放空了。畢業後，他因為家裡有錢，可以直接繼承家業。他會發現自己沒什麼能力，但是老爸把大部分的路都鋪好了，所以還過得去。他高中時花了那麼多時間晚自習、補習、上家教，回想起來全都白費了。

芯蓉讀書，上了考場。她上錯了戰場。她整個高中都在古亭的麥當勞與附近的 K 書中心度過，結果以自己的標準來看，考得出奇的好，上不了北大法律系，但至少上了排名後段的某私立大學法律系。四年過後，無論想要當律師、檢察官或法官，她都必須參加國考。她會跟高中一樣努力讀書，甚至更努力。上了國考的考場，她一樣會遇到很多像遊俠那樣的人。落榜幾次之後，她也許會退而求其次去考書記官或法警。她一樣生性開朗逗趣，一樣談很多戀愛。她高中時花了好多時間 K 書上家教，也許不算全然浪費，但她應該可以把這些時間花在比讀書更有意義的事物上。

上錯戰場，智溢跟芯蓉的人生從此毀掉了嗎？當然沒有，他們兩個很可能都過得很愜意。浪費時間努力讀書真的那麼嚴重嗎？也許不是，只不過虛擲青春而已。但在這裡，請讓我們思考這樣的問題：如果智溢其實是一個唱饒舌歌的天才怎麼辦？如果芯蓉其實是一個跳芭蕾舞的天才怎麼辦？

浪費時間事小，浪費天賦事大。

台灣的教育體制連同大部分的學校、補習班、家長、老師一起把所有孩子都送上考場，聯手逼所有孩子都把年少時光砸在鋪天蓋地的考卷、講義、參考書、課本與回家作業上，很少試著去發掘他們真正的天賦所在，這是一件非常可怕的事情。

想想看，如果當年不要讓周杰倫學鋼琴，逼他跟大家一起讀書升學，現在的周杰倫會在哪裡？做著什麼樣的工作？

想想看，如果當年不要讓林志傑打籃球，逼他跟大家一起讀書升學，現在的林志傑會在哪裡？做著什麼樣的工作？

再說一個故事：

我高三時習慣一個人去天母圖書館自習。一次，我對面坐著一個長相靈秀的私校女高中生。她低頭默默翻著課本，眼睫毛如扇子般搧著。畫面令人心蕩神馳，於是，我忍不住開口搭訕。細節我忘了，只記得搭訕成功。後來，我們常常相約一起去圖書館讀書。

一個晚上，讀完書，我倆一起走出圖書館，步行回家。當時正好是指考的北區聯合模擬考結束後幾天。

她甜笑著問：「你這次北模考得怎麼樣？我覺得好難喔。」

「還滿爛的耶，才三百六十幾分」（當年社會組考五科）

「好高喔，我才八十幾。」

「哪一科八十幾？」我問。

「總分啊。」

當時我就覺得台灣教育體制僵化而殘酷。這麼甜美可人的一個女孩，她也許很有藝術天分，也許有一副好嗓子，也許可以成為國際名模。她有太多的可能性，但是她真的不是讀書的料，為什麼一定要逼她讀書考試呢？

歷史考卷上常問科舉制度於何時廢除，無論標準答案是什麼，如果問我，我會說：至今未廢。

至少，餘毒未清。

最後，請容我再以老師的身分說一次：不要努力讀書。

你應該做的是，努力找到自己的天分所在。

如果你的天分跟遊俠一樣，剛好就是讀書的話，那麼，就請你努力讀書吧。

Part_1
那些學生教我的事

窮小開

遇到James這個家教學生之後，我才見識到什麼叫作真正的「上流社會」。

在台東當了一年兵，每天水裡來火裡去的，實在辛苦，所以退伍之後，我沒有急著進入職場，想要休息一下再說。為了支撐基本的開銷，我打算暫時先找個家教來做做。登入久違的家教網，我看見一個case，開出時薪一千元的高價，要求是要有辦法帶學生讀英文的文學作品。

我毫不猶豫馬上打電話過去，幾天後前去雇主家中應徵。

照著地址走，我來到北投一個社區。請容我更正，是一個高級社區。等等，請容我再次更正，應該說是一個「超高級」社區。

每一棟房子都是獨棟別墅，各有各的設計感，家門口停的都是超跑級名車，有鮮花與林蔭，予人一種世外桃源之感，而且是時尚的世外桃源。整體環境透露著兩個字：質感。

更令人驚訝的是，整個社區裡看不到一台機車。你可以想像台灣有這樣的地方嗎？

我走到雇主的家，家門口是一片小花園，圍籬外停著一台賓士休旅車以及一台賓士 SLS AMG 鷗翼式跑車。那台銀色的跑車好美，我幾乎看呆了，傻了好久才按下電鈴。

開門的就是 James，他穿著全套 Kobe Bryant 的湖人隊球衣，頭髮是設計過的，有著青春期少年臉上少見的好皮膚，渾身乾淨清爽，是一個長得很討人喜歡的小胖仔。

我們倆幾乎是一拍即合，有成為忘年之交的潛力。

「老師你好高哦，幾公分啊？」

「一八二。」

「那你可以灌籃嗎？」

「大學時可以，現在老了。」

「老師我跟你說，上一個家教老師超辣的，裙子穿超短，腿超白超長，而且長很正。可惜被我媽 fire 掉了。」

「這麼爽，為什麼被 fire 掉。」

「因為她帶著一台筆電來，邊上課一直查單字，我媽覺得這樣不行。」

「好可惜哦，那你把她的電話給我。」

James 讀的不是一般的高中，確實的校名我不清楚，只知道位在陽明山上，是俗稱的「私立美國學校」。一學期的學費據說要數十萬，光是下午的點心費就要好幾萬塊。

簡而言之，比位在天母的台北美國學校還要高檔，普通人家的孩子是絕對讀不起的。

開始上課之後，我就知道那個辣妹老師為什麼要一直查單字了。James 的英文課本內容很艱深，都是“The Rocking Horse Winner”、“The Yellow Wallpaper”、*The Joy Luck Club* 之類的短篇作品，基本上跟台大外文一年級文學作品讀法課裡面上的內容差不多。

那些都是我以前讀過的東西，所以講解起來輕鬆寫意，很快地，上不到半小時，James 就決定要讓我擔任他「英文閱讀」的家教老師。（他另外還有請一個老外當他「英文口語」的家教老師。）

James 喜歡車子，對法拉利與藍寶堅尼等等的跑車如數家珍，談起跑車型號比一般高中生談起手機型號還要自然。

James 上課時吃零食喝礦泉水，零食與礦泉水的牌子都是我沒見過的。每次問我要不要，我總禮貌拒絕。

James 家裡在美國也有置產，所以他常常到現場看 NBA 球賽。他印象最深刻的旅遊經驗，是搭乘郵輪在海上與航空母艦擦身而過。

我問 James 他的老爸是做哪一行的，他說他也不清楚，只知道是自己開公司。

「我爸很少上班，但他的辦公室很屌，裡面有停一台哈雷。我爸上班時間都在騎哈雷或打電動，他很混。」

可是James，這不叫混，這叫成功。

「我爸超常換車的。我媽都罵他不專一，見一台愛一台。他很花心。」

可是James，這不叫花心，這叫有錢。

James很喜歡籃球，他的偶像跟這個時代的孩子們一樣，是Kobe Bryant跟LeBron James（這也是他英文名字的由來）。上課的時候我們常常離題，聊很久的籃球，還會拿他的筆電用YouTube看NBA的影片。教了他幾個月，我覺得自己唯一達成的教育，不是提升他的英文閱讀程度，而是讓他理解，有一個叫作Michael Jordan的角色比他的兩個偶像加起來還要強大。

我們上課的氣氛很輕鬆。他的媽媽通常都在家，但是只有在我要離開時才會出面付錢。一次，James一個人在，他說媽媽跟著爸爸去參加品酒會，很晚才會回家。小孩子都是這樣的，大人不在的時候就邪念橫生。

「ㄟ，老師，你有駕照嗎？」

「有啊，怎麼樣？」

「給你開開看我爸那台賓士跑車好不好？我知道鑰匙放在哪裡。」

想想也對，品酒是上流社會做的事，酒駕是下等人做的事，James 老爸出門喝酒，自然是把每一台車的鑰匙都留在家。

「不好啦，他們回家發現怎麼辦？」

「不會啦，就繞這個社區一圈就好。」

「來上家教偷開車太 over 了吧。」

「繞回來把車停好就好。那台很酷喔，駕駛座超像戰鬥機的駕駛艙。」

被他這麼一講，我有點動搖了，想想自己還真的沒什麼機會開到這種等級的跑車。載 James 繞個幾圈好像真的沒什麼。

起身之前，我補問了一句：「ㄟ，你爸那台車到底多少錢啊？你知道嗎？」

「還好啦，他跟認識的車商買比較便宜，九百多萬而已。」

聽到這個驚人的數字，我把離開椅面的屁股放回原處。

「痾……我想今天還是算了吧。」

*

James 雖然吃的穿的住的都是最頂級的，也常常談起名車或是到世界各地遊玩的經驗，但那些都不是炫耀，他個人的態度其實完全不像是一個有錢人家的孩子，沒有一絲一毫的蠻橫驕傲。也就是說，不要看他吃的用的東西，不要看他身上穿的品牌，不要待在他的家裡，不要聽他無意間分享的經驗，單純跟他相處，絕對猜不到他家裡的財力如此豐厚。

有錢人家通常都會有一種有錢人家的樣子，但 James 就是沒有。我本來以為是他的教養特別好，後來才發現，原來有別的原因。

James 蒐集模型，不難猜想，他的最愛是跑車模型。一次，他跑到樓上的房間拿一台新買的模型車給我看，下樓的時候氣喘吁吁。

「呼，跑到三樓又跑下來好累。」

「哇，你們家有三層樓啊！」

我這樣的驚呼是很正常的。住在這麼高級的社區裡，獨棟別墅，坪數大，門口有花園草皮，門外有三個停車位，還有三層樓高，不是很值得讚嘆嗎？

面對我的讚嘆，James 的反應是什麼？你絕對猜想不到。

他的眼神裡竟然出現防備，回應的語氣彷彿在辯駁什麼：「沒有啊，其實要再蓋更高也可以啊。我爸說今年暑假就會請人來改建。而且我們在美國的房子都不只三樓。」

我要表達的明明就是：「哇，你們家有三樓啊，也太屌了吧！」聽在他的耳裡，卻偏偏變成：「哈，你們家『就只有』三樓哦，也太廢了吧！」

怎麼會這樣呢？

那時候，我才了解，為什麼James的態度不像一個有錢人家的小孩。

因為，他根本不是一個有錢人家的小孩。

到底在講什麼啊？前面寫了那麼長，不都在描述James他家多有錢嗎？怎麼現在突然說他不是有錢人家的小孩？

先別著急，把書闔上，思考一下我為何會這樣講，我再公布答案。

一句話：財富是比較出來的。

一個詞：相對剝奪感（relative deprivation）。

先說說我自己的經驗吧。

我從小在天母長大，國中畢業之前，沒有離開過那個地方。天母在當時算是台北市的高級住宅區，然而小時候的我並不知道。另外一件我不知道的事，就是我在天母遇到的同學們，家境普遍會在平均值之上。

所以，國小國中的時候，我一直覺得自己家裡很窮。

我的同學們國小就全身Nike，國中就全身Tommy跟Ralph Lauren，家裡有各式各樣的電玩，喜歡哪一個歌手的CD隨手就買，皮夾裡總是塞著好幾張千元大鈔，國二的時候就開始有手機可以用（那年代多數的大人都還沒有手機）。

這些都是我沒有辦法得到的奢華。每天跟他們相處，讓我以為這些物質享受都是理所當然的。

上了成功高中，遇到來自大台北地區四面八方的人，才驚覺自己原來不算窮人。我看到同學為了省錢，中午不吃便當，只吃泡麵，為了吃得飽還多放一包王子麵進去（以前我國中同學中午甚至會偷訂 pizza 送到學校）。我看到同學為了不讓公車收兩段票，特別提早一站下車用走的（我國中同學到哪裡都坐計程車，身上連公車卡都沒有）。

如果我一直跟那群天母的公子哥兒們混在一起，我就會一直覺得自己窮。

James 就是這樣。

他的家裡確實很有錢，有錢到一般人不只是忘塵莫及，甚至是無法想像的地步。然而，重點是，James 身邊的人，可能都比他更有錢。

再說一次：財富是比較出來的。

放學的時候，每個人的爸爸都騎著悍將、勁戰或小綿羊來接小孩，只有你爸開一台 Toyota 來載你。那台車，就是名車。

放學的時候，每個人的爸爸都開著 Bentley、Maserati 或 Aston Martin 來接小孩，只有你爸開一台 Benz 來載你。那台車，就是破車。

James 從來沒有離開過有錢人的圈子，從來沒有離開上流社會去看看庶民生活，不明白什麼叫「比上不足，比下有餘」。所以，他一直覺得爸爸的那台車「才」九百多萬，家裡的獨棟別墅「只有」三層樓。

所以，他一直覺得自己的家境並不特別好，老爸並不特別有錢。

這樣該說是幸福，還是不幸福呢？留給各位自行判斷吧。

＊

James 也許不認為自己的老爸多厲害，但身為「庶民」的我一直滿佩服 James 的老爸，竟然有辦法靠一己之力讓一家人過這麼優渥的生活，住最好的地段裡最好的房子，念最好的環境裡最好的學校，搭最好的郵輪去最好的渡假勝地。

然而，上了幾個月的課，我一直沒能見到他老爸的廬山真面目。

終於第一次見到他的時候，他立馬給我上了一課。

只因為他做了一個再簡單不過的動作：下車。

那一天，我跟 James 坐在客廳裡上課，聽到屋外一陣引擎的低吼，從落地窗看見那台賓士 SLS AMG 跑車緩緩駛進停車位。所謂的歐翼式跑車，就是車門打開的方式是像海鷗的翅膀一樣往上掀開，說有多帥就有多帥。

跑車停妥，車燈熄滅，鷗翼車門上掀，他老爸下車，說有多不帥就有多不帥。

從那一匹優雅機械神駒下來的男人，禿頭，身形臃腫，臉泛油光，戴一副無框眼鏡，穿著防風外套與不合身的西裝褲，離帥千萬里，沒有絲毫霸氣。

我別過頭，長嘆一聲，似乎領悟了什麼。

這樣的畫面究竟讓我領悟了什麼呢？一樣，先讓我從自己的經驗談起吧。

我熱愛籃球，崇拜NBA球星，喜歡他們代言的球鞋。我在大學是籃球隊，所以一雙好的球鞋對我來說很重要。台大位於公館，公館剛好是台北市最多球鞋店的地方。放學後，我每每在那些球鞋店裡流連忘返，看著那幾雙很喜歡卻又買不起的球鞋，拿在手上珍重地把玩著，一個禮拜可以去看好幾次，但就是買不下手。到最後往往只能退而求其次，捨棄球星代言的高檔鞋款，選購比較便宜而且比較耐操的鞋款。當時，我一週要練三次球，另外還有大大小小的盃賽與友誼賽，有時還要南征北討，到外地參加比賽。大學四年是最多球可以打，也是打球最認真的四年。

可惜的是，在那四年裡，我從來沒有穿上自己最想穿的球鞋。

出社會以後，賺了錢以後，那些球星代言的鞋款在我眼中變得便宜了，想買哪一雙就買哪一雙。為了填補當年的缺憾，我開始收集球鞋，尤其針對那些當時沒能買到的「復刻」鞋款。

可惜的是，現在雖然可以穿上那些當年夢寐以求的球鞋，打球的機會卻很少了。就算偶爾有球可打，也不會是什麼正式比賽；況且，身體也不復當年，速度慢了，跳得矮了，球技生疏了，體力下滑了。

腳上的那些明星鞋款，終究沒能登上最好的舞台，也沒能配上最好的姿態。

大學時買不起球鞋的經驗，跟 James 的老爸有何干係？

我想說的是：除非你是小開千金富二代，不然的話，人很難在最適當的時候遇上最匹配的物質。

請想想看，James 老爸二十幾歲的時候，也許身材標準，英風颯爽，是否很適合開著一台賓士 SLS AMG 馳騁呢？可是他當年偏偏就是買不起。等到工作了數十年，有了成就，終於買得起的時候，已經髮稀肚鼓，妻肥子壯，與這台機械猛獸毫不匹配了。

在你的身材與容貌最適合穿上一套 Dior Homme 西裝，戴上一只 Panerai 錶的時候，你大概是買不起的；等到你買得起的時候，就算還稱不上風中殘燭，身形也已經像一隻風中蟾蜍了，穿上名貴西裝，戴上名貴手錶，又有什麼意義？

在你青春正盛，風華正茂，正適合摟著一個絕世美人環遊世界享受愛情的時候，你大概還被房貸車貸壓著，或在事業的草創時期；等你真的有幸功成名就，就算還不到含飴弄孫安養天年的年紀，也已經沒有環遊世界的雅興了。也許還是有機會摟一個絕世美人，但沒能享受愛情，因為那個美人很可能只愛你的錢。

張愛玲說：「成名要趁早，來得太晚的話，快樂也不那麼痛快。」

我說：有錢也是一樣。

我們補習班老闆對自己的財富很自豪，總是以富翁自居，開口閉口都是錢錢錢，常常跟我們以及學生們說：「我來教你們怎麼變成一個富翁。」或是「想當一個富翁的話，你就應該……。」或是「要當富翁很簡單啊，就是存錢，然後買房。」

我很想告訴他，富少或是富豪還可以，但富翁就免了吧。

都已成「翁」，富有何用？

*

James有一個姊姊，讀的是薇閣高中，雖不像James讀的「私立美國學校」那麼誇張，但也算得上是一所知名的貴族學校。

我發現，家裡只有姊姊的男孩，都會渴望有一個大哥哥。

James基本上不把我當家教老師，他把我當一個哥哥看待。每週兩個小時的課，真的在講解課本上文章的時間很少，但每次都相談甚歡，欲罷不能。我們聊籃球，聊把妹，聊他在學校的事情，聊我在軍中的事情。

我是一個愛說故事的人，他是一個愛聽故事的人。所以每次時間到點，不只他不想下課，連我這個照理說應該只想要拿錢走人的家教老師都不太願意結束，往往又拖上半個小時。

可以說，他是付錢請我去陪他聊天的。

或者，他是付錢請我去扮演一個兄長的角色。

他並非一廂情願，只有妹妹的我，也滿想要有一個像他那樣的弟弟。（而且更想要有一個像他爸爸那樣的爸爸。）

後來，James 越來越黏我了，常常打電話來說隔天要小考，或是有作業要交，要求臨時加課，有時候一週加到三四堂。結果到了他家，往往又是天南地北聊開，根本沒準備到小考，也沒幫他做到作業。

聊天就有錢賺，雖然很爽，可是也會有一點罪惡感，只好安慰自己說，我跟 James 在聊天之間也講了不少道理，勉強算是一種教育吧。

雖然這是一句很俗氣的話，但是天下還真沒有不散的筵席。

幾個月後，大學同學介紹我進去補習班，我正式踏入職場。一開始沒什麼課，還可以繼續當 James 的家教兼大哥。很快地，我開始嶄露講台上的才華，課程的數量直線上升，閒暇時間越來越少，所以不得不跟 James 說聲抱歉，也說聲再見。

「我在補習班的課變多了，以後可能不能繼續來了。跟媽媽說準備找下一個家教吧。」

「蛤……為什麼？你之前不是也在補習班嗎？」他的眼神跟語氣裡充滿失落。

「對呀，但之前的課比較少，現在課變多了。」其實我也很捨不得。

「不能叫你們老闆給你少一點課嗎？」

「可以是可以，但既然當補習班老師，每個人都希望課多呀。」

「為什麼？」

「課多才有錢呀。」

「我這裡也可以給你錢啊。」

「不一樣啊，那是一份正式的工作。家教有點像是打工。」

被逼急的 James 使出了幾乎所有小開都很擅長的大絕招：靠爸。

「你是在哪一間補習班啊？」

「問這幹嘛？」

「我叫我爸去喬喬看。」

「喬什麼？」

「喬看看可不可以讓你繼續幫我上課啊！」

「真的那麼想上我的課？那你乾脆來補習好了。」

但我心知肚明，James 是絕對不會去補習的，原因有三：第一，他學校的英文課程難度遠遠超越一般高中。第二，補習班是庶民生活的一環，不是他這種貴族中的貴族應該去的地方。第三，他其實不是那麼喜歡上我的課，他只是喜歡我當他的大哥哥。

「James，我會想念你的。請記得 Michael Jordan 比 Kobe 跟 LeBron 加起來還要強。咱們有緣再見吧。」

就這樣，我走出那個充滿別墅與超跑的世外桃源，走回庶民生活，走進補教界。

conceal this, not ... that the eyes under--were ... had been engaged in advance ... indignation.

shears (ʃɪrz) n.pl. 剪
ensemble (ɑn'sɑmbḷ) n.
sparse (spɑrs) adj. 稀疏的
indignation (ˌɪndɪg'neʃən)

...tish (waɪtɪʃ) adj. 略白的
amputate ('æmpjəˌtet) v. 切除
obdurate ('ɑbdjərɪt) adj. 頑固的
invidious (ɪn'vɪdɪəs) adj. 引人反感的

...in the sh... most care. She a... world all rumpled[21] ... beauty that she wished t... mysterious adornment last... sunrise, she suddenly showed ... all this painstaking precision, she y... sake. I beg that you will excuse me. M...

...ince could not restrain his admiration: ...beautiful you are!"

...ot?" the flower responded, sweetly. "And I was born a..."

...le prince could guess easily enough that she was not any... ...ing– and exciting– she was!

沮喪；失意
；嫩枝
...ent) v. 使熟識
...t) n.【文語】重要性
...æn) n. 商隊；旅行隊
...ul) n. 腳凳
...) adj.（言詞）尖刻
【文語】居所；住處
...d) adj. 不得不…的
...分；關係；羈絆
...'nɑtnəs) adj. 單調
洞穴；隱匿處
...dv.【文語】彼方；
...麥
... 遵守
... v. 抱怨；訴苦

Part_2
補習班的那些事

Mirror — *Sylvia Plath*

I am silver and exact. I have no preconceptions.
Whatever I see I swallow immediately
Just as it is, unmisted by love or dislike.
I am not cruel, only truthful,
The eye of a little god, four-cornered.
Most of the time I meditate on the opposite wall.
It is pink, with speckles. I have looked at it so long
I think it is part of my heart. But it flickers.
Faces and darkness separate us over and over.

女王與我

在我的記憶裡，凱麗完美詮釋了「女王」這兩個字。

她不是補習班的老闆，但補習班裡的大小事她說了算。不怒自威的氣勢，讓工作人員與其他老師們只要遠遠聽到她踩著高跟鞋的腳步聲就會自動上緊發條。然後高跟鞋聲停止，她出現在眾人眼前，髮型與妝容無懈可擊，身上的衣服沒有一天重複，她的身體沒忘記當年擔任空姐時學過的美姿美儀課程，自然而然形成美好而誘人的S形曲線。

我總覺得，她就像她自己左腕上的香奈爾J12名錶，凜若玉瓷，吐露著難以親近的寒光。

凱麗是補習班的第一把交椅，唯一可以被稱作王牌名師的存在，所有的教法以她為依歸，所有的決策都需要經過她的首肯或否決，所有人員的生殺大權都握在她手裡。

她不是補習班的老闆，她是女王。

對於剛進補習班的新老師來說，最重要的事情，就是「跟課」。所謂的跟課，就是進到別的老師的教室裡，跟學生們一起坐在台下，努力聽課做筆記，吸收前輩們的教學方法。

當然，台下有越多新老師跟課，證明台上的老師地位越高。

當然，誰的課都可以不去跟，凱麗的課是一定要跟的。

如果說女王凱麗是補習班生態裡最高階的動物，那當時初出茅廬的我就是食物鏈最底層的小廢柴。

小廢柴如我，每天到補習班就跟學生一樣，到處找課跟，不用說，大部分當然是凱麗的課。可惜，跟課是沒有錢拿的。所以我也必須挑幾堂，不，應該說是「撿」幾堂沒有前輩老師想要上，學生數量很少，鐘點費很低的課來上。

一個月下來，終於到了發薪水的時候。我拿到的第一張薪水支票，根本不配被稱為薪水支票：新台幣三千八百元整。

我沒有把那張支票拿去兌現，至今仍留作一種記念。

兩三個月過去，我持續過著跟課與撿課的生活，月薪也一直在幾千到一萬這種不堪的數字之間擺盪。終於，補習班的高層似乎也覺得這樣愧對新進員工，主動跟我說，因為我有台大外文的學歷，同時也是培訓中的老師，所以不管課上多上少，每個月保障薪資五萬。

第一次收到五萬的支票時，我好感動。很多大學畢業生剛出社會，做牛做馬領著惡名昭彰的22 K，而我只要聽聽課，抄抄筆記就爽拿50 K，實在很不錯。

得到保障月薪的同時，我也接到人生第一本翻譯的案子《公開：阿格西自傳》，於是開始一邊跟課一邊上課一邊翻譯的充實日子。充實，但也疲累，所以我（天真而且自以為是地）心想，自己進來補習班也有幾個月了，算有幾分資歷，也許可以有課要上時再去上，跟課的部分就不要了，剛好也可以省下時間來翻譯。

這如意算盤打得精，自行停止跟課之後，確實多出好多時間可以翻譯，說起來是同時兼兩份工作，算起來，翻譯的稿費加上補習班的保障月薪，才剛出社會的我，瞬間擠身月入十萬的階級。

好得意。

一晚，手機響起，陌生號碼來電，一接起來，竟然是女王凱麗。她的聲音因為長年上課而沙啞，卻帶有一點菸嗓子的性感。然而那個晚上她說的話，與性感沒有任何干係。

「世偉，你為什麼不來聽課了？」

聽到這個問句，我的背脊發涼，支支吾吾擠不出一個合情合理的回應。

「你不是有保障底薪五萬嗎？因為你態度不認真，要停掉了。」

就這樣，那優渥的保障底薪我只領了一次。

這就是女王凱麗教我的第一堂課：

天底下沒有白吃的午餐。

只有白癡。

*

女王凱麗在的時候，補習班生意興隆。只要是她的課，學生人數一定是三百起跳。那是很壯觀的場面，卻也是代課老師的夢魘。學生們太愛凱麗了，簡直崇拜，近乎迷戀。所以一旦需要幫凱麗代課，無論是多資深多厲害的老師，心裡一樣危危顫顫，如履薄冰。

一次，凱麗在台中上課，趕回台北時卻在路程上受交通狀況耽擱了。她臨時找了一個女老師代課。那一堂課是高一的建北（建中北一女）班，也就是第一志願的孩子們集結的班級，人數一樣上看三百，是氣場很強，很難對付的一個班級。

日前接到女王親自打來訓斥的電話之後，我又開始乖乖跟她的課。那天晚上，到了補習班才發現凱麗找人代課，不會親自登台。我想，這是個開溜的好機會。但就在我要轉身離去之前，那個原本要負責幫她代課的女老師把我叫住。

「ㄟ，蔡世偉，你幫我上好不好？」

「我？」

「對啊，我不敢上去。」

「我怎麼上？我又沒準備。」

「我也是臨時被叫來的呀，講義給你，幫我上去啦，拜託。」

在此之前，我上過的班級，學生人數至多也不過二十出頭，而且也不是什麼前幾志願聚集的特殊班系。如此臨危受命，我怎能真的這樣說上就上。

但是，忘了斡旋的細節是怎樣，總之最後我還真的硬著頭皮踏上講台。

結果出乎意料的好。可能是我天生吃這行飯，也可能是新鮮感使然，學生並不排斥由我代課。上到一半，凱麗出現在教室後頭觀看，看沒幾分鐘，她又翩然轉身走出教室，沒有要上台接替我的打算。中堂下課，我恭恭敬敬遞上講義，向她稟報說我上到哪個段落。想不到她卻跟我說：「沒關係，你就自己把這堂課上完吧。」

從此之後，我成了女王凱麗的御用代課老師。

為了應付三百人的大班，我在跟課的時候開始更專心注意凱麗的教學，也更細心觀察她與學生的互動。

凱麗的板書寫得非常漂亮，龍飛鳳舞，宛若書法，而且「入木三分」，連手臂粗壯的板哥都要用板擦來回擦拭好幾次才能完全把書寫過的痕跡抹去，一看就知道這是下苦功練過的。

凱麗對學生非常大方，每次出國總會帶一堆禮物回來給學生，還曾經大手筆送出十台當年剛問世的iPad。每個月的壽星也一定都有凱麗準備的小禮物可以拿。聖誕節有溫馨糖果，情人節則有精美巧克力。

凱麗的學生上千，但她記得每一個學生的名字。更誇張的是，她還記得所有學生的大小事。誰交了新男友，誰換了新手機，誰的社團要成果發表，通通可以被凱麗拿來當作課餘閒聊嬉鬧的話題。

凱麗很願意撥時間給學生，例如說，有哪個學生要參加學校的英語演講比賽，雖然這早以脫離補習班老師負責的範疇，她還是會跟那位學生另外約時間見面，私下不厭其煩地指導。

所以不管是上課前，中堂休息，或是下課之後，只要凱麗不是站在講台上，她的身邊總是圍繞著一圈又一圈的學生，或者應該說是「信眾」。

在補習班，學生就是一切，得到「民心」才能成為「明星」

凱麗絕對稱得上是升大學補教界的天后級名師。

然而，她本人根本沒讀過大學，只有五專學歷。

這就是女王凱麗教我的第二堂課：

勤能補拙。

儘管原本的條件不如人，只要願意付出，就能把事情做好。

＊

暑假，是各大升學補習班的殺戮戰場。國三升高一的市場，是兵家必爭之地。對於凱麗這種猛將來說，正是大展身手的好時機。照往年慣例，她應該搭著高鐵南征北討，為補習班吸收學生，開疆拓土。

奇怪的是，那年暑假，她把許多課程分給代課老師們上，其中當然有很大一部分落到我手上。

補習班之外，女王凱麗似乎有別的事情要忙。

某個星期三，女王凱麗出現在《壹週刊》的封面上。解析度不高的狗仔照裡面，她與一個有妻小的補教界名師在轎車上忘情「喇舌」。

這段婚外情爆發之後，最憤怒的人有兩個：這位男老師的妻子，還有我們補習班的老闆。

妻子的憤怒應該沒什麼好解釋的，需要稍微解釋一下的，是老闆的部分。我們補習班的老闆算是南陽街教父級的人物，年紀六十好幾的他坐擁一個大規模的補教帝國。他對這個事件的反應異常劇烈，先是不斷對外放話說這段感情背後有著算計過的商業陰謀，接著不知道以什麼罪名對這位男老師提出告訴，然後又在媒體上對陷入婚外情的兩人大加撻伐。

也許，如同媒體報導所影射，我們老闆對女王凱麗是有所眷戀的，才會妒意充惱，怒急攻心。

劇情越演越烈，老闆禁止凱麗繼續在補習班上課，凱麗開了一場記者會，聲淚俱下宣布退出我們的補習班。接著凱麗又向媒體控訴老闆持續對她性騷擾，曾經說出「早知道我就先上了」、「妳聞起來好香，我快要受不了了」等等誇張話語，甚至曾經在別的老闆來訪時提出「今天她就陪你了，你要做什麼都可以」如此物化女性的言論。

凱麗表示自己礙於員工的身分，為了五斗米（據傳聞是月入五十萬的優渥待遇）才隱忍了八年。

當然，男老師的反擊以及原配的眼淚自然也是少不了的。這個四角大混戰的新聞事件，史稱「補教人生」。

離開我們的補習班，凱麗也離開了女王的寶座。雖然她還是繼續在別的補習班任教，但婚姻第三者的身分讓負責掏錢繳學費的學生家長（尤其是媽媽）心生排斥。隨著新聞強力播送，凱麗的背景被攤在放大鏡下檢視，當然也被爆出只有五專學歷。

凱麗的板書依然娟秀，她對教學的熱情也還在，但是可想而知，她在補教界不再像以往那樣呼風喚雨，她的課堂也不會跟以前一樣高朋滿座，至少短時間之內不會。

幾年過去了，這段「補教人生」的新聞已經為人所遺忘。

不再是女王的凱麗與那位男老師結了婚，live happily ever after，常常攜手出席活動，在臉書上曬恩愛，還開創了雙人一起站上講台教學的課程。

介入別人的婚姻到底對不對，可受社會公評。

但是當初商業陰謀等等的控訴，可說是不攻自破了。存在這兩個人之間的，是真愛無誤。

於是，曾經的女王，成了一個男人的公主。

這就是公主凱麗教我的第三堂課：

金錢誠可貴，地位價更高。

若為愛情故，兩者皆可拋。

Part_2

補習班的那些事

「大老師」與「小老師」

老闆常說：補習班老師就像藝人。

他說的話，十句裡面有九句我不認同，然而這一句，剛好是難得的那一句真知灼見。

從很多角度看來，補教業確實與演藝界有幾分神似。

首先，這是一個舞台上的工作。補習班的講台，尤其是大型補習班的講台，就是一個舞台，全程錄影，學生多的時候還要同步轉播到另外的教室，簡直像在開演唱會。重點是，台下的人有權力選擇要不要付費看你在舞台上表演。這就是跟學校老師最大的不同。在學校裡，如果你不喜歡台上的老師，那只能默默等看看下學期會不會換老師，或是上課不聽講，做消極的抗議。在補習班，如果你不喜歡台上的老師，可以不要補這家，就算已經繳錢了，也可以退費，就算懶得退費，也可以向主任等等的高層工作人員反應。只要反應的人夠多，這個老師通常很快就會被撤換。

第二，這是一個粉絲力量決定一切的環境。在補教業裡，所謂的粉絲，指的就是喜歡你的學生們。怎麼看出一個老師的粉絲多不多呢？看上課時台下的反應冷熱，看下課時這位老師身旁圍繞的學生多寡，看過年過節時收到的禮物和卡片……，有的學生甚至會像歌迷或影迷一樣，為老師創立臉書的粉絲專頁（像我就有一個）。總之，從很多地方，都可以看出一位老師的「人氣」。補教業跟演藝界一樣，「人氣」就是最大的本錢。

第三，這是一個老天賞飯吃的行業。一個成功的補教老師往往跟一個成功的藝人一樣，雖然需要經歷努力與磨練的過程，但通常本身就有征服舞台的天分。很多天生的優勢都是練不來的，例如：不怯場的膽量、信手拈來的幽默、特別好聽的嗓音、特別好看的外貌、不特別好看但是不知道為什麼看起來就是很順眼的外貌……。會唱歌的人很多，會唱歌也有心在演藝圈發展的人也很多，但是成為知名歌手的人就那幾個。同理，英文好的人很多，英文好也有心在補教業發展的人也很多，但是成為英文補教名師的人就那幾個。

補教業既然跟演藝界很像，老師們自然跟藝人們一樣，有大小牌之分。以前在補習班，我們都私下稱呼某某人為「大老師」或是「小老師」。

例句：

①我覺得還是不要惹她比較好，畢竟她現在也算「大老師」了。
②叫他代課他還挑，不過是一個「小老師」而已，是在屌什麼？
③唉，什麼時候可以像「大老師」他們一樣拿那麼多錢呢？
④學生作文你不用親自看，找個「小老師」去幫忙看就好。

牌子的大小跟年紀的長幼或資歷的深淺無關，雖然說大部分的情況下，年長資深的老師確實比較有可能是「大老師」，但也不盡然。

我大概只花了短短的兩年，就從「小老師」變成「大老師」。同一時間裡，有許多年紀比我長，資歷比我深的同事都還被歸為「小老師」。當然，努力跟天分有一定的影響，然而不可否認的是，機運也催化了整個過程。

*

「小老師」的工作有三：「跟課」、「代課」以及「撿課」。負面一點想，這三項都是吃力不討好的鳥事；正面一點想，既然吃力不討好，就是一種磨練。

所謂「跟課」，就是要去聽「大老師」們上課。沒有特別的位子，沒有特別的待遇，就跟學生們一起擠在台下聽課，並且在講義上抄筆記。下課之後，不管有沒有問題，最好還是要假惺惺地去請教一下「大老師」，以示尊敬，順便讓「大老師」知道你有來聽他或她上課。

你也許會想，這件事情很輕鬆啊，不就是在台下聽課而已嗎？沒錯，在「小老師」的三項工作裡面，「跟課」確實是最輕鬆的。問題是：沒有錢賺。

想想看，你來補習班謀職，難道是來做義工嗎？目的當然是要賺錢。補習班不是算月薪，是算鐘點費的。要賺錢，只有一個辦法：上台教課。每天花兩到三個小時聽課，等於每天花兩到三個小時看別人賺錢，自己卻沒有任何收入。

讓你跟課幾個禮拜或兩三個月還好，反正新鮮，也有學到東西，然而，我可是看過有些遲遲無法「出師」的人，一跟就跟了好幾年的課。

所以，你一定要設法在「跟課」的同時，讓「大老師」們覺得你已經準備好了，這樣一來，才有機會登台上課。

如何讓「大老師」們知道呢？在我們補習班裡，「小老師」們最大的舞台就是每個禮拜的「師資培訓時間」。那段時間由老闆主持，會先請幾個「大老師」上台教一段，寫一面黑板，然後再叫幾個「小老師」上台照著教一段，寫一段黑板。誰有天分，誰沒天分；誰可以上台，誰不能上台；誰適合吃這一行飯，誰捧不了這飯碗，在這種時候，其實就很明顯了。

「小老師」們戰戰兢兢地在台上表演，「大老師」們默默在台下評鑑，同時也挑選。挑選什麼呢？挑選自己專用的「代課老師」。

「小老師」是想上課卻沒課上，「大老師」則是課太多，沒時間休息。他們也會有不想上的課，也會感冒喉嚨沒聲音，也會有婚宴或聚會要參加，也會有家人要陪伴，也會有出國旅遊的行程……，這些時候，就需要有人代替他們上台上課。他們通常不會找其他的「大老師」代課。原因有二：欠一個人情，而且鋒芒可能被搶走。

所以，「大老師」們通常會在師資培訓的時候挑選幾個「好用」的「小老師」，以後有需要的時候，就固定找他們幾個代課。

所謂「好用」，重點有二：隨傳隨到，而且不搶鋒芒。

「大老師」找你代課，通常不會太早說，往往是臨時有事，才突然需要你。接到「大老師」的電話，你若是畏畏縮縮，推三阻四，以後大概也不會再接到代課電話了。

然而，接到電話，你若是躍躍欲試，戰意高昂，上了台就一副要把這堂課搶下來的氣勢，那也不太好。雖然贏得了學生的心，卻輸掉了「大老師」的青睞。不只以後沒有課代，甚至有被「弄」出補習班的風險。

勇略震主者身危，功蓋天下者不賞。

我就曾看過這樣的事：一個女性「大老師」找一個女性「小老師」代課，那個「小老師」以超火辣的裝扮上台，短裙配高跟鞋，酥胸半露，香肩畢露，搞得台下男同學跟本不管她上得如何，只希望從今以後每堂課都是這位風情萬種的「小老師」代課。可想而知，那位「大老師」從此將之視為眼中釘，不只不再給她機會，甚至處處刁難。

代課，其實是一件很難的事情，尤其是代明星老師的課。

明星老師的擁護者眾，台下學生往往等了一整個禮拜，就是想要聽那位明星老師的課。結果，上台的卻是一個原本一直跟他們一起在台下聽課的老師，你可以想想，學生的反應會有多冷淡，眼神裡會有多少敵意。反應冷淡，眼帶敵意的學生還算是比較給面子的。不給面子的，甚至在你上課上到一半的時候，直接背起書包走出教室。還有一種煩人的學生，會在下課後一直纏著你問：「為什麼今天不是某某某（那個明星老師的名字）上課？」「為什麼今天某某某沒來？」「某某某以後都不上了嗎？」「以後都是你上嗎？」讓你覺得自己來上這一堂課好像很對不起他們似的，澈底磨光你的信心。

總之，要代課代到學生沒有怨言，「大老師」沒有意見，皆大歡喜，是很不容易的。如果你可以中規中矩地代完幾堂明星老師的課，代表你也離「出師」不遠了。

如果不是代明星老師的課，難道就很簡單了嗎？確實會簡單得多，但一樣有討厭之處。因為比較壞心的「大老師」通常不是因為有事抽不了身而叫你代課，而是因為他（或她）不想上那一堂課。那一位「大老師」可能前幾堂課跟學生玩得太開心，說了太多廢話，結果段考前最後一堂課非要飆進度不可。學生很討厭飆進度的課，因為沒有任何閒談或笑話，很無聊，而且通常會拖到下課時間。此時，這位「大老師」可能就會「臨時有事」，需要你幫忙代課。然後，你就不得不無趣地上完一堂課，因為那堂飆進度的課沒有多餘的時間讓你展現任何幽默感，之後，學生對你的評價就會是：「那老師就只會講課本上的東西，上課超無聊的。」

另一個狀況是，「大老師」要你代的課，往往在遠方。換句話說，你要幫「大老師」奔波。我們補習班最興盛的時候，除了台北本部之外，在新竹、台中、台南、高雄等地都有課要上。「大老師」通常不喜歡外地的課，常常要求「小老師」代課，原因有二：舟車勞頓，而且不賺。舟車勞頓很好理解，但怎麼說不賺呢？鐘點費不是一樣的嗎？老師到外地上課，除了車費由公司支付之外，並沒有多餘的補助。所以，一樣是拿兩個小時的鐘點費，是北高往返耗掉一整天比較划算？還是待在台北上課比較划算？當然是後者，那前者呢？就交給鐵打的「小老師」們吧。

當然不是所有「大老師」都那麼壞心，也有一些佛心的「大老師」，他們會刻意叫你代最好上、最簡單、最舒服、最討喜的課。然而，補習班就跟大部分的職場一樣，壞心的人永遠比佛心的人多。

至於什麼是「撿課」呢？說白一點，就是「撿別人不要的課」。這裡的「別人」指的當然就是「大老師」們。你也許會想：那跟代課不是差不多嗎？沒錯，一樣都是上「大老師」不想上的課，但是，代課是「上別人的課」，撿課是「上自己的課」。簡而言之，「撿」到了，那門課就是你的了。也許是很鳥的課，但至少是屬於自己的課。

你通常會「撿」到什麼課呢？第一，外地的課：如同上面所說，也就是舟車勞頓而且不賺的課。第二，跟別的補習班合作的課：你要到別的補習班上課，可能是國文補習班、可能是數理補習班，總之，你要到一個陌生的環境，面對陌生的學生，與陌生的板哥和行政人員配合，往往會有寄人籬下之感。而且稍微上不好，對方還會直接打電話向老闆抱怨。第三，人煙稀少的課：我們補習班的鐘點費是以當堂的學生人數來算。有時招生不力，或是在課程屬性不吸引人的狀況下，一個班的學生可能只有個位數。上這樣的課，你的時薪最低可能低到只有兩百元，跟在便利商店打工差不了多少，而比便利商店還慘的是，一次只有兩小時。

雖然這些課都很鳥，但作為一個「小老師」，你非撿起來上不可，因為那將是屬於你自己的最初舞台。不像代課，你可以傾盡全力，不用怕搶了原本老師的風采。不像代課，台下的學生，不管多少，都是屬於你的，不用上了一堂，好不容易得到一些學生的喜愛，之後又要把那些學生奉還給原本的老師。

有時候，原本只有三五人的課，被你一上，學生人數暴增，幾週之內變成幾十個人。有時候，你在別的補習班表現很好，對方打電話給老闆美言幾句。這些事情都可以讓你朝「大老師」更進一步。

以前當兵的時候，長官常說：「撐過去，就是你的。」

「撿課」就是如此。撐過這個階段，你就開始有機會上一些像是高一進度班、多益班、全民英檢班等等補習班的「主力課程」。

當然，還不是「最主力的課程」。

*

有人的地方就有江湖，有江湖的地方就有派系。

過了一陣子就會看出來，某個「大老師」特別愛找某幾個「小老師」代課，某幾個小老師專挑某個「大老師」挑剩的課上，而且特別愛去那個「大老師」的課堂上跟課。

雖然大家沒有明講，一些小集團漸漸成型。「小老師」們各自在特定「大老師」的羽翼下生存，茁壯，增加自己的歷練，培養自己的風格。

有些補習班有所謂的「師徒制」，這樣的狀況更加明顯。我們補習班沒有這種師父徒弟的關係，但「小老師」們多半都有自己依附的對象。

當我還是「小老師」的時候，專門找我代課，幫我安排課程的「大老師」，就是我在前一篇文章大書特書的「女王凱麗」，也是當年全補習班最大咖的明星老師。

如同我前面所提到，代一個明星老師的課是很困難的。

好在，她對我很好。

首先，她願意在學生面前介紹我。若是我下一週要幫她代課，而學生都還不認識我，她就會本週的課堂上，把跟課的我叫上台，站在她旁邊，俏皮地向台下兩三百個學生介紹一番。

「各位同學，他是下週要幫你們上課的老師。你們要叫他世偉老師或是Wayne老師都可以。世偉老師是台大外文畢業，有在英國讀過書，英文很厲害喔。而且你們仔細看喔，他是不是長得很像《痞子英雄》裡的趙又廷？OK，那下禮拜你們要好好上課，乖乖聽世偉老師的話哦！不可以蹺課哦！」

姑且不論長得像不像趙又廷，有個王牌老師這樣介紹幾句，你下一週上課的時候就順手多了。學生們對你的敵意會變少，興趣會變多。

第二，既然我要幫她代課，理所當然應該自己備課。但她除了會把那堂課的講義準備好之外，連上課用的筆記都寫得漂漂亮亮的給我。一來節省了我備課的時間，二來我可以跟學生說：「黑板上寫的是凱麗老師的筆記哦，你們要乖乖抄。」通常都蠻有用的。

第三，每個月她都會注意我上的課夠不夠，賺的錢夠不夠。她的課源非常充足，當時全補習班大概一半以上的課都是她的。所以，她留給我上的課，數量一直很多。雖然表面上是「麻煩我幫她代課」，實際上卻是她把自己原本可以上的課分給我上，把自己原本可以賺的錢分給我賺。

第四，她願意運用自己在補習班裡的影響力，把我推到更高的地方。某天，我突然接到補習班的電話，要我準備上「高二三模考班」。高二三模考班是補習班最主力的課程，共有四個老師輪流上課，每個都是一時之選。身為一個初出茅廬的菜鳥，我怎會有幸踏上那麼高端的舞台？探聽之下我才知道，原來是女王凱麗在補習班的高層會議裡力薦我去上。成為高二三模考班的固定班底之後，我的地位就跟其他「小老師」有了顯著的不同，雖然還稱不上是「大老師」，但絕對算得上是「不小的老師」。

並不是所有的「大老師」都可以為底下的「小老師」做到以上四點，有的連一點都做不到。有的是沒有能力去做，有的是沒有意願去做。總之，能跟到凱麗這樣的「大老師」，我的運氣算是很好的。

當然，也可能不是運氣，而是她的慧眼看見了我教書的才華。

當了她的「御用」代課老師，並且踏上高二三模考班的舞台之後，我的教學實力、每個月的收入以及在補習班的地位，都開始直線向上攀升。

然而，並不是每一個人都能像我一樣，跟到那麼好的「大老師」。

兩個年紀比我略小的女性「小老師」，跟的是一個中年男性「大老師」。這兩個「小老師」頗有姿色，這個「大老師」對她們似乎也興趣不淺。

為了敘事方便，我就暫且把兩位女生稱為女 A 和女 B 好了。

女A專撿外地的課，尤其是台中。連續兩天都在台中上課的時候，她會選擇在台中的旅館投宿一晚。當那位中年男性「大老師」剛好也下台中上課，他就會約女A下課後一起出去逛逛，然後跟工作人員借機車，騎車載女A逛台中的夜市，吃吃喝喝，然後送女A回旅館。是送到旅館門口，還是送到房門口，這我就不知道了。

女A不堪其擾，卻只能私下跟我們這些年齡相仿的同事們抱怨。下次這位男老師再約，她也只能答應。

為什麼她不能拒絕呢？因為她上的很多課，都是這位「大老師」分給她上的。要是惹這位「大老師」不開心，他把所有課都抽回來，女A的收入勢必縮水。

一個家有妻小，年過四十的男人，在外地工作之餘，用機車載著一個二十出頭的「妹」在外面趴趴造，那畫面實在不是很好看。

這大概算是那位「大老師」課餘的小確幸吧。

我只能說：好的「大老師」帶你上天堂，壞的「大老師」載你到處逛。

女B私下抱怨的是，這位男老師在密閉的教師休息室裡，常常要求她幫他按摩。你沒有看錯，就是按摩。

所以女B說她很怕單獨跟這位男老師在休息室共處，因為每次都必須幫他按摩肩頸與手臂。

原本我還不太相信，以為女 B 把事情講誇張了。但是有一天，公司聚餐之後，我碰巧聽到那位男老師跟女 B 說：「怎麼辦？看到妳我的肩膀就開始痠了。」

說實在，這句話從他口中說出來，真的挺噁心的。

噁心歸噁心，下次這位男老師要求，女 B 還是只能答應。

為什麼她不能拒絕呢？因為她上的很多課，都是這位「大老師」分給她上的。要是惹這位「大老師」不開心，他把所有課都抽回來，女 B 的收入勢必縮水。

一個家有妻小，年過四十的男人，在補習班的休息室裡，把門關起來，讓一個二十出頭的「妹」幫他按摩肩頸與手臂，那畫面實在不是很好看。

這大概算是那位「大老師」課餘的小確幸吧。

我只能說：好的「大老師」帶你上天堂，壞的「大老師」要你按肩膀。

所謂的「輔導老師」，地位比「小老師」還低，專門負責學生的課後輔導，幾乎是沒有機會上台教課的。這些輔導老師多半是工讀生。台中總部有一個輔導老師，新竹人，在台中讀大學，所以自己在外面租房子。這位輔導老師的另外一個身分是外拍model，常常接一些平面媒體的拍攝工作。她的長相甜美，身材非常好。

為了敘事方便，我就暫且把她稱為女C好了。

既然把她稱為女C，你大概猜到了：上述的那位男老師，也沒有放過在她身上尋找課餘小確幸的機會。

這位男老師的妻小都在台北，但為了上課方便，他在台中也有房子。他得知女C自己在外面租房子住之後，便「出於善意」要將自己房子裡的房間便宜租給女C。男老師開出極低的租金。大學生嘛，總是想要省錢，所以女C認真考慮著。

於是，那一天，我走進台中的老師休息室，看到女C坐在裡面。簡單打了招呼，寒暄幾句之後，她跟我說：「世偉老師，怎麼辦？××老師說要我去租他家的房間耶，很便宜，你覺得要嗎？」

「蛤？可是他自己不是有時候也會住那裡嗎？」

「對啊。」

「這樣你們兩個有時候不就要單獨住在一起？」

「嗯……可是比我現在住的地方便宜很多耶。」

一個家有妻小，年過四十的男人，在外地弄了一層公寓，讓一個剛滿二十歲的「妹」住在裡面，與「金屋藏嬌」這四個字極端接近，那畫面實在不是很好看。

於是，我跟女C說：「我想妳還是拒絕他吧。」

於是，她拒絕了。為什麼她可以拒絕呢？因為她跟女 A 與女 B 不同，她只是一個輔導老師，她是打卡上班的，她的生計並沒有掌握在那個男性「大老師」手裡。

我只能說：好的「大老師」帶你上天堂，壞的「大老師」約你住套房。

＊

二〇一〇年暑假，正當招生活動進行得如火如荼，女王凱麗的喇舌照上了《壹週刊》封面，捲進媒體戲稱的「補教人生」事件（詳見〈女王與我〉一文，或自行Google）。接著，她與老闆鬧翻，閃電退出補習班，留下一大堆課，如同燙手山芋。

這一大堆課要由誰來接手？你大概會想：很簡單，不是還有其他經驗豐富的「大老師」嗎？交給他們來處理不就好了？

然而，如我前面所說，要代一個明星老師的的課是很難的，何況是「接手」一個明星老師的課，何況是在這個明星老師與補習班不歡而散的狀況下接手。

在那一波風暴之中，「大老師」們多半選擇明哲保身之道，不願拿自己的一世英名來淌這灘混水。

此時，身為凱麗「御用」代課老師的我自然被推到前線。跟我一起（被迫）挺身而出的，還有我的兩個大學同學，一男一女。我們三人當初被看作最有可能成為下一代「大老師」的潛力新秀。

當時的狀況就好像球隊裡的主力球星傷退，板凳上的菜鳥球員只好硬著頭皮扛下球隊戰績，結果卻意外打出身價。

我們三個人就是如此。兵荒馬亂之中，我們自己設計有趣的課程，努力編寫講義，每一天的每一個時段幾乎都在上課，互相 cover，互相 promote，下了課之後總會聚在一起，討論怎麼樣把課上得更好，怎麼樣讓學生更開心。

換句話說：怎麼樣讓學生快一點忘掉凱麗。

那是很艱苦的一個暑假，卻也是我們成長最快的一段時間。

暑假過去，我們三人幫補習班撐過風雨飄搖的招生季，戰績雖然不算太亮眼，但至少沒有讓補習班因為主力戰將的缺陣與負面新聞的打擊而全盤崩潰。

那年，我們三人都才二十六七歲，仍然領著「小老師」等級的鐘點費，但是地位與影響力已經不可與其他的「小老師」同日而語。

所有的「大老師」、「小老師」、主任與行政人員們都心知肚明，未來的補習班，很有可能是我們三個人的天下。

可惜的是，幾個月之後，我的那位女同學為了追求其它領域的夢想，不顧老闆的挽留，毅然決然辭去工作，離開補教界。

又幾個月之後，我的那位男同學因為不滿自身的待遇以及補習班的風氣，同樣做出離開的決定。

就這樣，當初的三大潛力新秀，轉眼間剩我一人。

兩年後的暑假，補教資歷不滿三年的我，扛下了補習班的招生大旗。我的照片被印在各種文宣與補習班樓下的大型看板上。每一堂課，我都想盡辦法取悅台下兩三百個國中剛畢業的孩子們，讓他們的家長心甘情願掏錢出來來報名。

水深火熱，焦頭爛額。

上了台，一定要陪笑臉，下了台，我的脾氣開始爆躁起來。

一天，補習班的主任介紹一個新進的招生組長給我認識。那個男子西裝筆挺，染著一頭金髮，滿口老菸槍的黃牙，嘴歪眼斜，一副目中無人的機車神情。

主任見我走進來，跟我說：「老師，跟你介紹一下，這是我們新的招生組長，叫作×××，以後他就負責小高一。」然後又轉頭跟那名男子說：「這是世偉老師，趕快過來打聲招呼。以後你就是要幫他招生。」

大部分的招生人員年紀都比我大，舊人清楚我的地位，對我的態度不差，但新人往往看我年輕，不會太尊敬我，有些人甚至還把我誤認為工讀生。

儘管如此，這位新進招生組長的反應還是讓我吃驚。

他挑了一下眉毛，對主任說：「既然是我要幫他招生，那應該叫他來跟我打招呼才對吧，怎麼會是我去跟他打招呼呢？」

原本熱絡的氣氛，瞬間降到冰點。主任連忙斥責他：「你是怎樣，搞不清楚狀況是不是？怎麼可以這樣跟上課老師說話？」

見到主任突然疾言厲色，那位男子似乎也嚇了一跳，趕忙打圓場：「哈哈，沒有啦，我的意思是說，以後大家互相幫忙。魚幫水，水幫魚嘛。」

可惜已經來不及了。

我說：「不用打招呼了。東西收一收吧。你今天第一天上班嘛，也是你最後一天上班了。」

然後，我轉身走出行政區，進去教室上課。

中堂下課，我發現那位新進的招生組長已經不見了。主任跑來跟我說：「老師，我剛剛已經把他 fire 掉，叫他走了。對老師不禮貌，這樣的態度不行。」

也許，補習班高層經過了好幾道程序，刷掉了不少人，好不容易才遴選出一位招生組長，卻只因為我氣頭上的一句話，當下就叫他走人。

說簡單一點：原來我已經是「大老師」了。

*

以前還是「小老師」的時候，總覺得「大老師」們過得很爽。自己成為「大老師」之後才發現……還真的過得滿爽的。

鐘點費變高了（而且主任來跟我談加薪的時候還一副很抱歉的模樣，好像不加多一點對不起我似的），公司裡每個人對你的態度變好了，連聚餐都坐到老闆坐的「主桌」了。

說實在，能讓那些年紀比我長，資歷比我深，以前不屑我的人轉而恭恭敬敬地對待我，不亦樂乎。

然而，世間的一切本就有得就有失。

過完一整個學年，我才了解「大老師」也有「大老師」的難處。

第一：責任不一樣了。平常坐板凳的小咖球員只要專注打好眼前的比賽，但主力球星必須扛起球隊一整個球季的戰績。球隊戰績好，功勞是球星的；反之，球隊戰績差，球星也會是被責怪的對象。同樣的，「小老師」只需要專注上好眼前的課，而「大老師」必須要負責一整個，甚至兩三個班系的興衰。如果有幸（或者被迫）扛下當年度的招生大旗，則一整個補習班的學生人數都掌握在你手上。學生是補教業者的衣食父母，有學生才有錢賺，大家才有飯吃。等於整個補習班的人都嗷嗷待哺靠你養了，責任不可謂不大。

第二：期待不一樣了。平常坐板凳的小咖球員偶爾殺出來砍個十幾分，大家就拍拍手了，但平均每場三十幾分的主力球星偶爾得個二十幾分，就被認為有失水平。拿多少錢做多少事。待遇不同，表現自然也要不同。還是「小老師」的時候，三十個試聽學生，能夠抓下五個人來報名，工作人員就為你鼓掌了。成為「大老師」之後，三十個試聽學生，抓下二十個人來報名，工作人員還會抱怨：「吼，老師，虧我特別為你找來那麼多人試聽，像你這麼厲害的老師怎麼還讓十個人溜走？」壓力不可謂不大。

第三：只要沒有擔起責任，沒有達到期待，你隨時都有可能變回「小老師」。而且，並非擔起了責任，達到了期待，就可以穩穩妥妥當一輩子的「大老師」——有人可能會取代你。

在我剛進補習班的時候，前述那位喜歡在女A女B女C身上尋找課餘小確幸的中年男性「大老師」，月入三十多萬，全身上下沒有一個東西不是名牌，身旁總是有學生與女性「小老師」簇擁，意氣風發，趾高氣昂，提著粉筆迎風而立，為之四顧，為之躊躇滿志。

三年之間，他的地位直線下滑，課程少了，學生少了，跟在旁邊的女性「小老師」少了，原本在台上屢試不爽的必殺技失效了，原本不會被挑剔的缺失一個一個被老闆與主任抓出來檢討，鐘點費被調低了，開始需要幫別人代課了，開始需要撿一些邊陲的雜課來上了。

說簡單一點：他變成「小老師」了。

是因為他的教學退步了嗎？不是。

是因為他載女A夜衝、要女B按摩、找女C租房被爆料了嗎？不是。（說實在，這種事情可大可小。只要地位夠高，爆出來也無傷大雅。）

是因為他不小心犯了什麼觸怒老闆龍顏的錯誤嗎？不是。

真的的原因是，有比他更年輕、更幽默、更帥、英文更好、更受學生愛戴、女性「小老師」們更心甘情願簇擁的老師出現了。更重要的是，這個老師拿的鐘點費還不到他的一半。物美價廉，非常好用。

說簡單一點：因為我出現了。

三年前，我要謝謝他找我代課。

三年後，我要謝謝他幫我代課。

三年前，我要撿他不要的課上。
三年後，他要撿我不要的課上。
三年前，我賺的錢是他的一半。
三年後，他賺的錢是我的一半。

「小老師」復仇記，聽起來很爽對吧？我也覺得爽，但是只有爽一下下。

如聞其情，哀矜勿喜。

今天你取代別人，就代表有一天你也會被取代。人要懂得居安思危，尤其是身處高處的時候。一堆「小老師」虎視眈眈盯著你，看著你領「大老師」的鐘點，看著你享「大老師」的待遇，一定有人像是看見秦始皇出巡的項羽一樣，心想：「彼可取而待之。」想著想著，可能就真的取而代之了。

待在低處是一回事，從高處摔到低處又是一回事。當你已經習慣當一個「大老師」，突然被打落凡間，從代課撿課的「小老師」幹起，那景況豈不淒涼？

這裡插一個題外話：大家想知道那個中年男性老師，後來怎麼了嗎？他又變回意氣風發的「大老師」了。

為什麼呢？因為那個比他更年輕、更幽默、更帥、英文更好、更受學生愛戴、女性「小老師」們更心甘情願簇擁的老師離開補習班了。

說簡單一點：我暫時從補教界封劍歸隱了。

回到正題：大家也許會想，不是說補教界很像演藝界嗎？演藝界也很少看到小咖藝人在短時間之內取代大咖藝人（除非大咖藝人鬧出什麼身敗名裂的醜聞），為何補教界的「小老師」有可能在短時間之內取代「大老師」呢？

一句話：粉絲的力量決定一切。但是在補教業，粉絲是無法累積的。

什麼意思呢？藝人隨著出道時間越來越長，作品越來越多，累積的粉絲人數也越來越多，fan base 越來越大，為自己鞏固不可撼動的地位。反觀，補教老師隨著出道時間越來越長，教的學生越來越多，累積的粉絲人數也越來越多，fan base 越來越大，然而，不一樣的是，不管這些學生多麼愛你，只要一從高中畢業，他們就不再是你的粉絲了。

第一，一旦投入大學的花花世界，這些學生通常很快遺忘自己高中時喜愛的老師。

第二，就算他們還惦記著你，還喜歡著你，還常常回來看你，但他們也已經不可能再繳學費上課。對於補習班來說，這些粉絲的存在沒有太大的價值。

正因為如此，縱使你是桃李滿天下的老牌老師，比起初出茅廬的菜鳥老師，你的 fan base 也不會大上多少。每一年送走畢業的高三生，迎來畢業的國三生，一切就從零開始。

只要在學生從高一升到高三之間的這三年努力一下，「小老師」的 fan base 也很有可能超越「大老師」。而粉絲的力量決定一切，在學生從高一升到高三之間的這三年，一個「小老師」就有可能超越一個「大老師」，甚至取而代之。

所以說，成為一個「大老師」，是「小老師」的下一個階段，但絕非在補教業裡最終的成功。

「大老師」之上，還有兩條路可走：成為經營者，或自創品牌。

成為經營者，通俗一點講，就是「跳出來當老闆」。租一個地方，養幾個老師，開始掛招牌，印文宣，招學生，開一間屬於自己的補習班。

自創品牌，通俗一點講，就是當「掛牌老師」。做出口碑，用自己的名字打出「××英文」的名號，開始跟別的補習班合作，打自己的天下。

雖然我只有簡單寫幾行字，但這兩條路都是很難走的，需要有高度的實力與財力，我自己也還沒走過，不清楚其中的眉眉角角，所以在此就不多加著墨了。

我自己很清楚，而且可以跟大家介紹的就是「小老師」與「大老師」的生活。闖蕩補教界近五年，我一半的時間是「小老師」，一半的時間是「大老師」。在還沒被取代之前，還沒成為經營者或是自創品牌之前，幾乎在事業的最高峰，我選擇急流勇退。

或許哪一天，遇上適當的時機與際遇，我會重回補教界。

或許，我會穩穩當一個「大老師」，不往上爬，不往下跌，只是漸漸老去；或許，我會被哪個更帥更年輕更幽默的菜鳥取代，從「小老師」幹起。

又或許，哪一天，你會在台北街頭的某處，看見「世偉英文」的招牌。

Part_2

補習班的那些事

補習班老師是怎麼煉成的？

本來想把這篇叫作「補教名師是怎麼煉成的？」後來想想，在補教界打滾的幾年間，就算在最顛峰的時候，我大概都還稱不上補教名師（雖然曾有媒體來訪問我時幫我冠上這樣的稱號），所以要談補教名師的煉成方法，還是等我比較有資格的時候再說好了。不過，我在短短的兩三年之內，成為知名大型補習班的主力老師，因為舞台大的關係，累積的桃李不少，而且這些學生都還滿喜歡我的，說起來，作為一個補習班老師，我勉強算是小有成就。在此，就以自己親身的經歷與觀察，來討論一下，如果想要成為一個成功的補習班老師，你應該具備什麼條件。

一、功底

以英文科來說，最基本的，你英文實力要好。大家不要覺得這是廢話。在我教書的那幾年，我見過許多英文很差的老師。教錯了，被學生糾正之後，還要硬凹說「這個單字也能這樣用」或是「可能是解答打錯了」等等，屢見不鮮。說實在，給那種老師教，還不如隨便找一個程度比較好的高中生上台。

老師們通常花很多時間備課，因為要教的東西都準備好了，所以對英文實力似乎沒有太大的挑戰。然而，遇到特殊狀況的時候，你的肚子裡最好要有點料。

我自己就曾經遇過兩次，必須在完全沒有備課的情況下，教完三個小時的課。第一次是有老師突然塞車在路上，無法趕到補習班，我必須上台代打，拿著一片空白的講義教三個小時，所有黑板上的筆記都必須從腦袋裡無中生有。第二次，我看錯課表，備錯課，上台之後才在學生的提醒之下發現當天要上的課程根本就是另外的內容。我一樣拿著一片空白的講義撐過三個小時，下了課竟然還有學生覺得那堂課的黑板筆記很豐富。

這是需要展現英文實力的一種狀況。

另一種狀況是，遇到超愛問問題的學生。

你不能被問倒。

高中生拿任何困難而複雜的題目來問，我完全不怕，不然當年我指考英文科怎麼考到九十七點多分的？不然我怎麼對得起台大外文這四個字？我比較怕的是亂問的小孩子。曾有一次，代替別的老師上全民英檢中級班，課堂上很多國中或國小生。還記得其中一題講到水果，台下的孩子們開始瘋狂舉手發問：「老師，火龍果的英文是什麼？」「老師，釋迦的英文是什麼？」「老師，枇杷的英文是什麼？」

要回答出這些問題，你真的要很博學多聞才行。

發音與誦讀英文的流暢度也很重要。說實在話，只要輕重音跟音標念對，腔調本應不是問題。美國人講英文有美國腔，英國人講英文有英國腔，澳洲人講英文有澳洲腔，這些國家裡面的各個地區都還有不同腔調。所以，身為一個台灣人，講英文有台灣腔其實是很合理的。

然而，台下的學生與付錢的家長不會這麼想。他們希望聽到最標準的美式腔調。最好是閉上眼睛不看你的黑髮黃皮，就會以為是一個老外在說話。雖然我在英國讀過一年書，好在沒有染上太多英國腔，不然聽不懂的學生，可能還以為我發音不標準呢。

在台上講課，一定會念很多很長的英文句子，甚至常常要誦讀文章。所以我們補習班的老師面試，第一關一定是請面試者念一段英文文章。我以前曾擔任補習班的面試官，驚訝地發現，很多外文或英語系畢業的求職者，沒辦法好好念完一段英文文章。往往有不會念的字、輕重音念錯、念得斷斷續續或是台灣腔濃到讓人以為他在念台語。

另外一個重要的功底，是字。

精確一點說，是黑板上的字，也就是板書。

有些補習班沒有在意這一點，但是我們補習班很在意。理想是可以做到每一堂課的每一面黑板，都寫得像是參考書的頁面一樣。我們的板哥訓練有素，擦過的黑板像新的一樣。台上老師自然不能辜負那一面乾乾淨淨的黑板，務必要把字寫到最好。

初入補習班時，這是我最弱的一環。我本來的字不醜，但是在台東當了一年的兵之後，字變得非常潦草。原因是什麼呢？我當時負責管理槍彈，要做非常多的（假？）資料，要寫非常多的字，簽非常多的名。有時候一天下來，要簽名六百次，「料賬相符」這四個字，要寫近千次。不寫得潦草才怪。

所以剛進補習班的時候，我非常認真練字。除了買硬體書法的書在家練習之外，只要有空就往補習班跑，借空教室的黑板來寫板書。那時辛苦的不是練板書，而是練板書時一直遭受白眼。我練完板書，黑板自然髒了，粉筆自然用了一堆。於是，板哥就必須清理黑板，工作人員就必須補好粉筆。

你也許會想，這不是舉手之勞而已嗎？

沒錯。但是面對一個菜到不行，搞不好過沒幾天就被淘汰的新老師，連舉手之勞大家都不願意施捨。所以每次商借教室，面對比我資深許多的工作人員，我總是把姿態壓得很低。有一次，我練到一半，一個女性工作人員竟然要求我去幫晚上要上課的老師們買便當。雖然我也是老師，但整個被當成跑腿小弟使喚。

成為大咖老師之後，我跟這位女性工作人員提到她當時叫我去買便當的往事。她扭動著身體嗲聲說：「唉呦，老師，沒有啦，你知道我看到帥哥就會語無倫次。人家是故意想找話題跟你聊嘛。」

後來要上的課多了，就沒有時間用空教室練板書。我選擇以戰養戰，每一堂課都當作練板書的機會，盡力把黑板寫好。有時候下課，我會叫板哥先不要擦黑板，用手機拍下來，日後比較看看有沒有進步。就這樣，我的板書也越寫越好，終於把這項功底練成了。

不過，比起上一代的某些傳奇名師，我的水準還差得遠了。有聽過老師能夠「左右開弓」，左手右手都能寫漂亮的板書。也有聽過老師能夠眼睛盯著同學，不用看黑板，一樣寫完好幾個句子，工工整整。有一個當時跟我們補習班合作的數學老師，教幾何的時候能在黑板上畫出接近完美的圓型。問他怎麼做到的，他說以前私下練板書的時候，畫過好幾萬個圓。

二、不怯場

上課時要面對的學生人數，是大型補習班老師必須習慣的東西之一。在學校上課，台下學生頂多三四十人；在大型補習班上課，台下學生動輒破百，最高可能到三四百人，有時候甚至還要加上另外開的現場轉播教室裡的學生。

這樣龐大的人數可不是開玩笑的，有些人上了台，不要說上課，連自我介紹都支支吾吾。

會不會怯場，似乎很大部分是天生的。

我在大學時期發現自己是個不會怯場的人，拿著麥克風在舞台上對著很多人講話，被聚光燈照著，覺得歡喜而自在，往往妙語如珠，比私下講話還有趣。所以，大學四年裡，系上舉辦任何的大型活動，我基本上是擔任主持人的第一人選。

然而，剛開始進到補習班時，我竟然怕了。

怕的原因有二。第一，這是我出社會的第一個工作，我要證明自己，而且將要以此為生，如果搞砸了，可不像大學時在台上被噓一噓就算了。第二，我要面對的是高中生，不是跟我同年紀的人，我不知道什麼樣的話語才可以打動他們。

初次上一堂人數破百的大班，是跟一家國文補習班合作的課，也就是說，我要走進另一家補習班，跟他們說：「你們好，我是××英文派來的老師，請大家多多指教。」光是這一點，就足夠讓還是菜鳥的我很緊張了。

想不到那堂課的學生還特別頑皮，把黑板槽裡的白色粉筆塗成各種顏色，搞得我不管拿什麼顏色的粉筆，寫出來的字都是白色的。看到我在台上不知所措的模樣，他們笑得好爽。他們越笑我越慌，一不小心太用力講話，結果大破音，他們狂笑到屋頂快掀了。

那是我第一次上所謂的「大班」，留下很深刻的印象。

後來，我想到一個對付怯場的絕招：在上台前「冥想」。

想什麼呢？我閉上眼睛，全力回想當兵時的種種鳥事。狗屁倒灶的事情實在太多，從記憶裡噴湧而出，取之不盡，用之不竭。這樣回想十分鐘到二十分鐘之後，睜開眼睛，我冷靜下來，完全不害怕上台上課了。我心中的想法是：「上台又怎樣？人多又怎樣？又不是叫我再當一次兵，有什麼好怕的？」

就這樣，我慢慢重拾大學時不知怯場為何物的自己，站在講台上，拿著麥克風面對一大群人，感到歡喜而自在，往往妙語如珠，比私下講話還有趣。

三、抗冷場絕招

高中生不好伺候，很多時候，不是把書教好就可以，很多時候，他們來聽你上課，期待的往往不是上課的內容。身為一個大型補習班的老師，如果你只是拿著講義，從頭到尾照本宣科，全場的氣氛一定冷到爆。大概半小時之後就會有一堆學生低頭滑手機，一小時之後台下就睡成一片，中堂下課之後不少學生就會趁機半途落跑，不回來上課了。

一個稱職的老師，一定要有自己的抗冷場絕招，利用正課之餘的時間，把氣氛炒熱，留住學生的注意力。

以前補習班有一個年輕的女老師，英文能力實在稱不上優秀，上課講的內容非常沒有深度，台下學生基本上早就已經會了。然而，還是有很多學生喜歡上她的課。因為，她的歌聲不輸職業歌手。她也抓住這一點，拿著麥克風站在台上，每上完一大題就開放學生點歌，把一堂課搞得像一場小型個人演唱會似的。就算在她的課上學不到什麼東西，學生們還是很吃這套，她很快累積不少粉絲，課堂上氣氛活絡，皆大歡喜。

年紀大一點的老師通常得靠口才以及威嚴。當學生聽膩了正課，開始倦怠的時候，他們往往可以來一段激勵人心的演講，回憶自己當年艱苦的求學過程之類的，聽完他們的一席話，你會熱血沸騰，想要發奮讀書，天天向上。雖然這樣的熱血往往是一時的，下課後就忘了，但這也不失為一套不錯的抗冷場絕招。

一位男性工作人員，常常要負責上台宣傳補習班開設的班系或是報告一些注意事項。雖然不是上課，但也怕冷場。好在，這位工作人員是個魔術高手，隨身攜帶撲克牌與小道具，每次報告的時候都會帶來一段魔術。不要說學生，連站在講台上的我都看得目不轉睛，差點要喊「安可」了。我常常在想，要是他當上課老師的話，靠這一招也能橫行天下。

女王凱麗更絕了，超大手筆，砸重金取悅學生。一堂課總有好幾次，在台上進行英文問題的有獎徵答，舉手搶答，答對可以當場拿到一百元現金。幾個英文好、舉手快的同學，上一堂課可以賺進五六百元。不只如此，幾乎每次上課，凱麗都會請全班同學喝星巴克，一杯一百多塊，全班兩三百人，實在不是一般老師使得出來的抗冷場絕招。凱麗離開很久之後，才有高層人士爆料。原來老闆為了造神，早就撥了百萬基金供凱麗在課堂上揮霍，難怪她可以肆無忌憚地發送一百元獎金，宴請星巴克飲品。

不過，這也造成代課老師的麻煩。代課老師出現時，學生總會埋怨：「老師，今天怎麼沒有一百元獎金可以搶？」「老師，今天為什麼沒有星巴克可以喝？」而我就是當年最常幫凱麗代課的人之一，多次受到這些質問的轟炸。一次，我買了好幾個價值三四十塊錢的小獅子絨毛玩偶，在台上發送給學生。學生不解地問：「老師，為什麼要送獅子？」我回答：「老師沒錢跟凱麗一樣送大家星巴克，所以只好送大家『辛巴』。」全班哄堂大笑，此後，他們不再逼我送一百元以及請星巴克。

沒錯，談吐幽默，善於跟學生互動，就是我的絕招。

工作人員常說，只要聽到教室裡不斷傳來笑聲，就知道今天是我上課。

四、習慣孤單

補習班老師雖然是一個受眾人圍繞的行業，私底下其實是很孤獨的。

首先，你的時間會跟大部分的朋友錯開。白天，他們上班的時候，你在家裡休息；晚上，他們下班之後，你在台上上課。大家都在期待週末，可以休閒，可以出遊，可以相約聚會，你的週末卻是滿堂，從早到晚都要上課。

有太多的聚會你會跟不到，太多的婚禮你只能禮到人不到，太多個平日的午後，你想要約個人聊天吃飯，卻發現所有人都在上班。

其次，補習班的同事之間，比較沒有什麼感情。大家不是在一個辦公室裡一起工作。平常各上各的課，只有在開會的時候會碰上一面，多說幾句。

我們補習班還曾經有過一項規定，讓同事間更加疏離：老師與工作人員在外相約，若人數達三人以上，需要向補習班報備。

怎麼會有這種奇怪的規定呢？據說是因為老闆擔心老師跟員工密謀一起出走創業開班，或是集體跳槽。

總之，沒有同事相伴，時間又跟大部分的人搭不上，身為補習班老師的你，必須習慣孤單。

五、習慣奔波

喬治．克隆尼主演的《型男飛行日誌》英文片名叫作 *Up in the Air*。我要是長得跟他一樣帥，也可以拍一部《型男高鐵日誌》，英文片名就叫作 *Up on the Rail*。

我們補習班在台北跟台中都有總部，還曾有很長一段時間，跟台南與高雄的補習班有合作。也就是說，在我們補習班教書，你要在這四個城市之間穿梭。課多的時候，我幾乎是把高鐵當成捷運在坐。

甚至有些時候，會是早上台中有課，下午台北有課，晚上台中有課，而我的家在台北。所以，我要一早從台北出發，台中上完課趕回台北上課，然後晚上再飆到台中上課，下課後再回台北。

漸漸的，我習慣在高鐵上補眠、在高鐵上用餐、在高鐵上備課、在高鐵上大小便、在高鐵上思考人生。

一個晚上，我從台中北上，看著高鐵的車窗外，山小如掌，月大如窗，忽然興起一陣感慨，於是拿起手機，在臉書上寫下兩行：

好想要風流倜儻富可敵國當個鋼鐵人
卻只能風塵僕僕赴湯蹈火當個高鐵人

六、習慣戴面具

曾有一位女老師，上台之前跟我們聊天，說她剛剛跟同居的男朋友吵架，幾乎鬧到要分手，說到聲淚俱下，泣不成聲，黑色的眼線隨著淚水從兩頰滑下。幾分鐘後，上課時間到，她到廁所補妝，隨即上台。我跟進去教室看看她是否無恙。

她拿起麥克風，臉上露出燦笑，嗲聲嗲氣地開場：「各位同學，好久不見了捏，有沒有想我呀？吼，不要裝喔，我知道你們很想我。」

從那一刻起，我就知道，作為一個補習班老師，上了台你就不是自己，你要戴上面具，粉墨登場。

一次，我的某個前任情人要結婚了。婚前，她打來哭著跟我說，她還惦記著我，不想嫁。我的心裡大受震動。她的婚禮是辦在某個週六的晚上，同一時間，我要上高一遠東版的課。

我上了台，拿起麥克風，把幽默的設定值調到最高，比平常還要用力搞笑。我不斷跟同學互動，講了很多有趣的故事。全場嗨翻，大笑的聲浪不斷。

結果竟是欲蓋彌彰。下了課，一個女學生默默走到我的身邊，跟我說：「老師，你今天怎麼了？跟平常不太一樣，是不是心情不好？」

原來，到了傷心處，要戴上面具，需要一點功夫。

不只是我，每個老師都有台下的生活，都有自己的情緒。可能家裡人遇到了什麼問題，可能跟工作人員有了什麼磨擦，可能心頭擺著什麼糾結難解的事情，然而，不管怎麼樣，上了台，你就是演員，而且比較接近一個喜劇演員，必須把所有的不快樂隱藏起來，散播歡樂，散播愛。

七、貴人相助

在補教界打滾幾年，我受到的暗算不少，發暗器的其實也就那一兩個人。我得到的幫助更多，而稱得上是我「貴人」的，大概有三個。三個都是補習班裡的女老師。

第一個名叫妮莎，是我的大學同學，也是介紹我進補習班的人。退伍之後，我在一場老同學的聚會上偶然碰見她，她問我要不要試試看當補習班老師，我當時也還沒開始找工作，於是一口答應。

老闆第一眼見到我就不喜歡（這也不能怪他，我向來沒有長輩緣），基本上打算當場打發我。面試那天，簡單問完幾個問題之後，他就急著趕我走，一邊起身一邊跟我說：「想當補習班老師，不要來找我。找我沒用。我不是老闆，學生才是老闆。」

我記下這句話，從此之後我真的只把學生當老闆

雖然老闆不太願意把我這個新人留下，但妮莎沒有放棄。補習班沒有多餘的課給我上，她就少賺一點錢，把自己的課讓給我，而且很貼心地循序漸進地讓——先給我簡單、小班制的課，再慢慢給我難度比較高的大班制的課。每次上課之前，她都會教我怎麼備課，提醒課堂上有哪些調皮的學生需要注意，如果要找人互動的話可以從哪些比較活潑的學生下手等等。

妮莎是人氣很旺也深受老闆寵愛的大咖老師，那個時候，大家對我這個菜鳥有最起碼的尊重，全都是因為我是她「帶」的老師。

在她不厭其煩地讓課、指導與各方面的幫助之下，我雖然還稱不上可以獨當一面，但至少漸漸有了一個老師的雛形。

可惜，在我進入補習班一年多後，妮莎就因為要追求其它領域的理想而離職。不然的話，我願意傾盡全力，輔佐她登基，讓她成為補習班的「新女王」。

說到女王，我的第二個貴人，就是女王凱麗。首先，她看見了我的潛力，讓我成

為她的「御用」代課老師。幫這樣一個明星老師代課雖然辛苦，卻可以學到很多東西，幫她代課的那段歲月，是我成長最快的時間，教學經驗急速累積，也多賺了不少銀兩。

再者，她願意在學生面前幫我說好話。對於還沒有粉絲基礎的小老師來說，凱麗一句推薦的話，勝過課堂上五十個搞笑的哏。

第三，她推薦我去上高二三模考班，也就是本補習班最主力的課程。踏上模考班的舞台，就正式代表我已非吳下阿蒙，地位不可同日而語。

非親非故的，凱麗願意給我那麼多機會，我一直心存感謝。要不是她後來捲入新聞事件，退出了補習班，我願意一直擔任她的御用代課老師，幫她分憂解勞。

第三位貴人名叫珍妮佛。她是補習班裡隱藏版的大人物，身兼高二三模考班的萬年不動老師外加出版社主編。說實在話，她的地位與老闆不相上下，但是很少出手管事，是一位形同如來佛祖一般的人物。

我對於製作講義不很在行，這不是因為我英文程度不好，而是因為我的電腦技巧不好，排版打音標等等的繁雜工作往往讓我頭大如斗。珍妮佛老師佛心來的，總是願意幫我製作上課講義，讓我可以專心上課，不用煩惱那些討人厭的 paperwork。

老闆在意的人不多，珍妮佛是其中一位。珍妮佛不常講話，但只要講話，老闆通常會聽。每當老闆看我不順眼，想找我碴的時候，往往只要珍妮佛輕描淡寫幫我說幾句，就能大事化小，小事化無。

珍妮佛幫助我的地方太多了，族繁不及備載，若要完整描述，幾乎可以另闢一個長篇來寫。總歸一句話，我在這間補習班的後半段，因為有了她，順遂許多。可惜，還沒好好報答她之前，我自己就先離開補習班。只能期待未來有緣再相逢了。

寫到這裡，我才想到，其實我還有一個最重要的貴人。不，應該說是一群，很大一群。這個貴人就是學生，每一個學生都是我的貴人。沒有這些擁護我的學生，就沒有身為一個補教老師的我。

感謝這三位女老師，也感謝我的學生。

八、人緣

所謂的「得人緣」是一件很難具體化的事情。你不見得要長得特別帥或特別美，但是一定要讓人喜歡你。學生付錢來看你在台上來回走動三個小時，如果不喜歡你，怎麼待得下去？

高中生有時候是很殘忍的，他們已經離開天真爛漫的階段，又還沒長到懂得給人面子的年紀，所以表現毫不遮掩，說話也非常直。

曾有一位女編輯，編寫了兩年的上課講義之後，不滿意工作現狀，抱怨道：「我辛苦編這些講義，就賺那時薪兩百元。你們拿我編的講義去上課，鐘點費都一千五起跳。」她心裡感到不平衡，於是想要改行當上課老師。

老闆聽了她的抱怨，覺得有點道理，就要她編一份講義，自己上課試試看。

當時我才剛進補習班，對於教書還沒有太深刻的了解，但我直覺認為她會失敗。因為她是一個不得人緣的人，總是掛著愁容，好像大家都虧欠她似的，渾身散發負面能量。

果然，上了幾堂課之後，她哭得很慘。哭的原因是「滿意度問卷」。滿意度極低也就算了，重點是，學生在問卷上寫下不少很「直接」的評論，例如「長這樣還敢來教書哦！」「下次再看到這個老師我就馬上退費。」「把原本的上課老師還給我！」等等。

她哭著咒罵學生，彷彿學生是陰狠的惡魔。後來，她連編輯都不當了，直接離職。

奇怪的是，很多老師，包括我，在看滿意度問卷與學生對我們的評價時，都覺得學生是天使。

「得人緣」的能力，很多時候是天生的。身為一個舞台上的工作者，每天要面對人群，這幾乎是最重要的一項能力。當你很討喜，很得人緣的時候，你可以英文很爛，板書寫得很醜，會怯場，沒有任何抗冷場的招式，悲喜形於色完全不懂得戴面具，也沒有貴人相助，但仍然可以成為一個受學生愛戴的老師。

反之，如果你不討喜，不得人緣，其他能力練得再好，可能也是枉然。很不公平，但世事本來就很少是公平的。

一年暑假，一位北一女畢業的學生來補習班說她想當上課老師。這位學生是當年北一女的校花，長得清新脫俗，很是靈秀。主任安排她一邊擔任輔導老師，一邊「跟課」，旁聽上課老師的課，學習上課技巧。

一次，她聽完我上課，來跟我說：「老師，妳好厲害哦，上課超多哏的。如果是我上課，一定什麼都不會，只會傻笑。」

「怎麼樣傻笑，妳笑來看看。」

她嘴角揚起，露出珠貝般的牙齒，眼角慢慢開出一朵桃花：「就呵呵，這樣傻笑啊。」

「嗯，很好，你已經出師了，可以上台了。」

「蛤？可是我在台上只會傻笑耶？」

「對啊，這樣就夠了啊。」

我講得也許有點誇張，但絕對不是亂講。給你兩個小時，你要看前面說的那位愁眉苦臉的女編輯認真上課，還是要看這位北一女校花在台上傻笑？我想多數的學生都會選擇後者。

不可否認的，面貌姣好的人確實比較容易得人緣。那麼，是不是長得不好看就不能成為一個成功的補習班老師呢？

這個問題，就好像「是不是長得不好看就不能成為一個成功的藝人呢？」

既然要面對大眾，長相出眾，當然已經贏在起跑點。但你打開電視看看，不是很多長得七零八落的人在螢幕上大放異彩嗎？

重點只有三個：人緣、人緣、人緣。

很簡單，也很難。

開不起來的「悅讀班」

來算算我目前大概上過幾堂課。

保守一點估計，每週平均算五堂，四年半，約莫是一千多堂。

假如有人問我：「在這麼多堂課裡面，你最用心準備的是什麼課程呢？」是補習班最在意的招生用「秀課」，還是考生們最在意的「模考班」？

以上皆非。

答案是八堂課，為期八週的「英文作品悅讀班」。

還記得那年暑假，老闆頒布聖旨，要求每一個授課老師開一門「屬於自己的課」，內容自訂，廣告文案自理，招到的學生人數自己負責。

可想而知，大家一定是了無新意地開一些諸如「全民英檢中級班」、「多益黃金證書保證班」、「文意選填班」、「學測看圖作文班」等等的班系。很正常，也很無聊。這些班系也就正好是補教文化的縮影。

補習，無非是為了兩件事：「升學」與「證照」。

而我的「英文作品悅讀班」，就是為了推翻這種文化而開。

我的廣告文案是這樣寫的：

讀英文，不只是為了考試拿高分。
讀英文，不只是為了過檢定拿證照。
讀英文，不只是鑽研文法苦背單字。
讀英文，不只是填空與問答。

在英文作品悅讀班

讀英文，是啟發而非填鴨。
讀英文，是引領自己思考的過程。
讀英文，是觸碰偉大心靈的媒介。
讀英文，是快樂的。

美好的英文作品何其多，舉凡小說、劇本、短文隨筆、電影台詞、深度報導、名言佳句、歌詞、詩、演講稿等等族繁不及備載。然而很多時候，學英文的人往往只著重考試的成績與實用的價值，小學而大遺，豈不可惜？

「英文作品悅讀班」將挑選合適篇幅的英文作品，和喜歡英文的人一起讀讀有趣的材料，談談各自的看法。不用強記單字，不用分析文法；沒有密集進度，沒有必考重點。只求讓大家看見，英文比較美好的那一面。

因為，我相信：

要真正學好英文，除了真心喜歡英文之外，別無他法。

聽起來好像很厲害對吧？結果老闆看了頻頻皺眉，直接斷言這堂課開不起來。招生人員看了一頭霧水，不知道這種新型態的課能否被市場接受。於是，在兵荒馬亂的暑假裡，這門課很快就被邊緣化，正中了「曲高和寡」四個大字。

隨隨便便意興闌珊的招生過後，全班人數約為五十多人。在我們這種一班學生動輒兩三百人的大型補習班裡面，就報名人數以及產出利潤而論，這樣的成績，可以說是澈底失敗。

對此，老闆落下一句狠話：「年輕人受點挫折也好。」

但老實說，我並不認為悅讀班帶給我的是挫折，反之，踏入補教界以來，這是讓我上起來最快樂的課。

八個星期，共計二十四個小時，我和班上那五十多個學生，一起閱讀，一起思索，一起品味那些用英文寫成的絕妙作品。

從 *Love Is a Fallacy* 的俏皮情節討論愛情與邏輯的辯證；從小王子與玫瑰的互動之中參透現代情侶的相處模式；透過賈伯斯的演講稿理解撼動我們所處世代的偉大心靈；看《大亨小傳》作者費茲傑羅筆下逆齡從老人長成嬰孩的 Benjamin Button；看

存在主義先驅卡夫卡筆下一早醒來無緣無故化作甲蟲的 Gregor Samsa；在海明威沖淡洗鍊的筆觸之中探索自己靈魂深處那塊 clean well-lighted place；在數十首經典英詩的浸淫之中感受 sound 與 sense 交織共譜的意義旋律。

英文，是一種語言，不是一個科目；英文，是理解世界的媒介，不是計分評量的工具。

多數台灣高中生所認識的英文，無非是死背單字苦記文法猛寫考卷，無非是克漏字文意選填篇章結構閱讀測驗翻譯作文。

多數台灣高中生習慣面對的，正是英文最為醜陋的樣貌。升學補習班，更為這張醜陋面容提供了一組特寫鏡頭。

我想做的，就是反其道而行，透過升學補習班這樣的平台，為英文喊一聲冤，翻一回案。

學生聽得很開心，我也教得很高興，不愧「悅讀」二字，這門課還滿成功的。

至少，我是這樣以為的。

*

事實是，從補習班的觀點來看，這幾乎是一門廢課。學生的人數不足，補習班的收入就有限，在補教界，沒有利潤的課是沒有價值的。原本我還打算將八週的課程延長為整學期的常設性課程，這個想法，後來也證明是天方夜譚。

究竟問題出在哪裡？為什麼招不到爆滿的學生？答案其實很簡單：人在江湖，理想和現實一定有差距的。

在這裡，容我好好解釋一下我的「英文作品悅讀班」怎麼會失敗，剛好也可以讓大家一窺補習班的生態。

師資沒有問題，教材沒有問題，學生的興致也沒有問題，問題在於招生的經濟與政治因素。

先講經濟因素。

這門課結束之後幾個星期，我從台中上完課搭高鐵北上，與補習班內一名資深的招生人員同行，聊起「悅讀班」的挫敗。他語重心長地說了一句：「唉，老師你傻傻的。那是三個小時的課耶，要是人數超過六十四人，補習班要付多少錢給你啊？」

在我們補習班的鐘點費計算方法之中，六十四是一個魔法數字。一個班級的人數只要低於六十四人以下，每個小時的鐘點費會懲處性打折扣，就我個人來說，六十四人以上或以下，鐘點費的差距是二點五倍。

也就是說，把學生人數控制在六十四人以下，補習班可以節省不少錢。

聽罷，我恍然大悟，但是並不驚訝。

恍然大悟是因為終於知道這一切背後另有算計，不驚訝是因為職場本來就是充滿算計的地方。

也許你會想：不對啊？為什麼不直接招到兩三百人，這樣一來，學生繳的學費一定可以大大超過授課老師的鐘點費，補習班還是賺啊？

沒錯，但這堂課就是偏偏不被允許招到兩三百人。

為什麼呢？這就要講到政治因素了。

上有所好，下必甚焉。上有所惡，也是如此。

老闆喜歡的，底下的人必定推崇備至；老闆討厭的，底下的人必定棄若敝屣。

如同上面所說，看過我的文案，聽完我的想法，老闆馬上皺眉否定。試想，如果招生人員真的招滿兩三百人，豈不等於賞老闆一大巴掌。能在補習班爬到高層，位列主管的，都是擅於揣摩上意並且服從上意的人，怎麼可能做出如此大逆不道的事呢？

所以當然是假裝傾盡全力地隨便招招，招個五十幾個人，開個小班，既可以省鐘點費，又可以稟報老闆：皇上英明，這堂課果然如皇上所料開不起來，萬歲萬歲萬萬歲。

豈不兩全其美。

犧牲一堂課事小，打臉老闆事大。

這是職場智人們的生存本能，我並不怪他們。

開玩笑的，我怪他們。

這件事在我跟補習班高層之間劃下一條裂痕。

*

但我不後悔。

如果再讓我選一次，問我要不要開一門升學考照取向的課，既可以讓自己的荷包滿滿，又可以讓老闆的龍心大悅，皆大歡喜。

我還是會拒絕。

我還是要開這門人少錢少老闆惱的「英文作品悅讀班」。

因為這是我一直以來想要做的事。

以前在台大外文系讀到那麼多美好的文學作品時，我就心想：用這些啟發人心的文字來學英文多好。可惜，沒有老師或教授帶領，一般人很難找到這些素材，就算找到了，也讀不懂，就算讀懂了，也讀不到深處。

難道非要考進大學的外文學系才得以一窺堂奧，才能碰觸這些通透靈秀的作品？台灣社會這麼多人汲汲於英語學習，如果只是為了升學與考照，豈不可惜？就算是為了升學與考照，也應該透過更好的教材來學習。

那時我就決定，有一天，我要用淺顯易懂的方式，將這些作品帶給普羅大眾。

既然出社會之後因緣際會成為補習班老師，我就先把補習班拿來當一個平台，而那一年暑假的「英文作品悅讀班」就是我這個理想的第一個實驗。

我不在乎補習班認不認同這門課，不在乎老闆高不高興，不在乎自己賺了多少錢，也不在乎報名的人數。

只要台下那五十幾個學生裡面，有一個或是兩個人，因為讀了我選的作品，聽了我的講課，而受到一點點啟發，眼裡閃現一點點靈光，生活有了一點點改變，那就很足夠了。

「英文作品悅讀班」，功德圓滿。

我討厭你！

「我告訴你，我討厭你！」

如果聽到你的老闆對你說這句話，你會有什麼反應？

聽到老闆這樣對我說的時候，我笑出來了。

時間是招生季前夕的六月天，地點是補習班附屬出版社裡的小房間，人物是我與六十多歲的老闆。我們在進行一場類似談判的對話。我宣布進入半退休狀態，跟老闆報告說自己將不參與緊接而來的暑假招生課程，要請一段長假。原因為何，我會用另一篇文章說清，在此就不贅述。

想當然爾，老闆聽了有點生氣，似乎缺了我，會對補習班的招生造成傷害，但卻又沒有想像中生氣，似乎缺了我，對他來說也不是什麼了不起的大事。

老花眼鏡底下，他的眼神空洞，像一尾深海底的鯊。

「所以，暑假全部的課你都不上？」

「對，如果可以的話。」我鼓起勇氣說。

「全部的課？包含已經印出去的文宣上的課都不上？」

「嗯，我有請負責文宣的美工先不要把我的部分送印。」我鼓起更大的勇氣說。

「為什麼？」

「教了四年半，帶完這屆，我想要沉澱一下。」

我沒有解釋太多，因為，一直以來，我從未學會如何跟他溝通。

「好，好，沉澱一下很好，很好。」他一邊喃喃自語，一邊好像在思考著什麼。

突然，他稍微調整坐姿，正對著我，語重心長般地說：「老弟啊，你差一步就可以成為天王名師。你知道差哪一步嗎？」

「原來只差一步哦？我以為還差很多步耶。」我試著用俏皮的回應來讓氣氛輕鬆一點，效果似乎不大。

「就差一步，你知道哪一步嗎？」

「老師請說。」我們都習慣把老闆稱為老師。

「你沒有讓所有人都喜歡你。」他宣判。

「不會啊，我覺得大家都還蠻喜歡我的啊。」我是真心這麼覺得。

「我說的不是學生，是學生以外的人。」他似乎意有所指。

「不會啊，我覺得學生以外的人也都還蠻喜歡我的啊。」

「你錯了，有人討厭你。」

看來，他很想透露到底是誰不喜歡我，我也就從善如流問了：「老師，那可不可以請你告訴我，到底是誰討厭我？」

問這句的時候，我的聲音裡帶著微慍，因為我預期會聽到一些我不喜歡的名字——君王近旁的宦官寵臣之流。

答案出乎我意料。

「我告訴你，我討厭你！」他直接了當地說。

我笑出聲來。然後，我帶著笑意，聽完老闆討厭我的諸多理由。我發現他的記憶力並沒有因為年紀而衰退。

「老弟，你知道我為什麼討厭你嗎？」這不是反詰，他是真的想考考看我猜不猜得出答案。

「老師，我不知道。」

「那我告訴你，第一，你的穿著讓我討厭。襯衫為什麼不好好穿著？上面的扣子為什麼不扣？你想要當老師還是想要當流氓？」

我沒有答話，默默把靠近頸部的幾顆扣子扣上。

「第二，你的姿勢不對。我是老闆還是你是老闆？我坐什麼樣子？你坐什麼樣子？」

我看了看老闆，雖然有點老年人的駝背，但他的坐姿端正；我又看了看自己，發現姿態太過放鬆，身體往後靠在椅背上，還翹著腳。我沒有答話，默默調整坐姿。

先正襟，再危坐。

「第三，上禮拜跟記者吃飯的時候，我夾了一道菜給你，你一口都沒有吃。」

「有嗎？哪一道菜？」

「絲瓜獅子頭。」

「老師，我不敢吃絲瓜。」

「不敢吃也要吃。在那麼多人面前，老闆夾菜給你，你一口都不動，就是不給面子。」

我無言以對。

「第四，你上課談政治。」

是年三月，太陽花學運點燃遍地烽火，延燒許久。一連幾週，我確實都趁著上課的時間跟學生們大談我對學運的看法。

「老師，我不是談政治，我是談學運。」

「有家長打電話來反應說你鼓吹學生參加學運啊。」

「首先，我沒有鼓吹，我只是講自己的看法。第二，有幾個家長打來？誰的家長？這些細節老師你知道嗎？你有查清楚嗎？還是只是聽主任報告呢？」

「總之你上課談政治就是不行。在這裡上課，我們是不碰政治的。」

「老師你可以去問問看學生喜不喜歡聽我講學運。」

「他們當然喜歡，只要不上課，他們都喜歡！」

我再次無言以對。

「第五，你太少出現在出版社。你要讓我看到你的人啊，我都看不到你的人。」我們補習班有附設一間出版社，專門出版英語學習相關書籍。當然，上課用的講義、教材與考卷等等也在此處產出。老闆很少出現在補習班，但是每天都會待在出版社。

「老師，我有事情要做就會來，沒有事情的時候就不會。」

「老弟啊，我們公司是講輩分，講倫理的。你看你的學姐們，天天都待在出版社工作。無論有沒有工作要做，至少她們在的時候，你都要在。不能比你資深的老師都在這裡，卻見不到你的人。」

「沒有工作要做的時候，我來這裡要幹嘛呢？」

「總之學姐們在，你要在！」

我三度無言以對。

老闆語畢，祕書正好打開房門，跟老闆說要準備參加晚上的飯局了。

我起身恭送老闆。他說：「老弟啊，我今天把話說開了。說完了，我現在比較沒有那麼討厭你了。」

我又笑出聲來。

*

接下來，針對老闆討厭我的五點，我要提出當時沒有當面提出的辯駁與解釋。為什麼當時沒有當面提出呢？如我前面所言，一直以來，我從未學會如何跟他溝通。那為何我現在又要提出呢？因為許多話憋在心裡難受，而且可以透過我的辯駁與解釋，讓大家看看補習班的生態與職場的矛盾為難。

第一點，老闆討厭我的穿著。這是一個老問題了，打從我進補習班的第一天就存在。每一次見到我，老闆總會從頭到腳打量一番，然後批評我穿得有多不得體，多「不像一個老師」。好一段時間，這好像是他唯一會跟我聊的話題。

一次，我穿著黑色西裝外套，內搭一件白色素Ｔ，下搭一條淺藍色牛仔褲。老闆見到我，開口就說：「穿西裝很好，但裡面穿得像個要飯的，下面穿得像丐幫幫主。」我選擇以幽默回應：「謝謝老師，丐幫幫主也算是有頭有臉的人物。」

問題顯而易見了。西裝外套可不可以內搭白Ｔ？當然可以。西裝外套底下可不可以搭牛仔褲？當然可以。多少好萊塢影星都將這樣一身簡單的穿搭駕馭得出神入化。為什麼老闆會覺得不行呢？很簡單，他的年紀跟我有差距。

一個六十幾歲的人跟當時二十多歲的我，在穿衣哲學上有所衝突，是很正常的。沒有衝突才奇怪。

我從大學起一向被同儕認為是一個「會穿衣服」的人。然而，穿得越好看，越有型，在年近古稀的老闆眼中，越是難看，越是不得體。

大家也許會想，這有什麼好抱怨的？人在江湖，身不由己，他是老闆，他想要你怎麼穿，你就應該聽話怎麼穿，還管什麼穿衣的哲學與美感？話是沒錯，如果我每天上班只需要面對老闆與同事，我願意犧牲。我願意穿著土氣，來迎合老闆眼中的「得體」。

問題是，我穿衣服不是要給老闆看的，是要給台下的高中生看的。

如果我以老闆讚許的造型登場，學生大概看到我上台就走一半了吧。

這就是矛盾的地方。

讓老闆看順眼還是讓學生看順眼？我選擇讓學生看順眼。

取悅老闆或取悅學生？我選擇取悅學生。

在老闆與學生之間，我永遠選擇學生。這也造就了我們兩人之間層出不窮的摩擦。

此外，我相信老闆看我並不順眼。

從我一進補習班開始，除了對我的衣著不滿，老闆也多次批評我的樣貌，說我

「看起來像流氓，不像老師。」問我「老弟啊，你真的是台大外文畢業的嗎？看起來好像沒讀過大學。」告誡我「上了法庭法官一眼就看得出誰是好人誰是壞人，要讓人覺得自己是個好人。像你，一眼看起來就是壞人。」

我承認，我的眉宇之間帶有桀傲不遜的氣息，從來就很少受到長輩（尤其是男性長輩）的青睞，舉凡歷任女友的老爸或是軍中的長官都不會第一眼就喜歡我。但遇到這麼討厭我的長輩，這還是第一次。

看起來不像老師，又如何？我其實是廣受學生歡迎的老師就夠了。看起來不像讀書人，又如何？我其實是台灣第一學府的畢業生就夠了。看起來不像好人，又如何？我其實是默默付出很多愛心實踐很多善行的人就夠了。

老師就一臉老師樣，書生就一臉書生樣，那多沒趣。

我喜歡自己這樣，不讓人一眼看穿。這叫「衝突的美感」。如果說我有任何一點點魅力的話，我覺得就是來自這裡。

所以，我不會為了老闆改變這點。就算我想要改變，也沒有辦法。

第二點，老闆討厭我跟他說話時的坐姿。

跟長輩說話，放鬆地靠在椅背上，翹腳，是我不對，我應該道歉改正。在這一點上，我沒有任何辯駁與解釋。

第三點，老闆討厭我不吃他夾給我的菜。

老闆很喜歡找大家聚餐，餐桌上常有外人。那一天，外人是報社記者。我們補習班常在報紙上刊登廣告，所以有幾個友好的記者。

桌上一道大菜，絲瓜獅子頭，上菜之後老闆好心為在座的每個人各夾一顆，因為我不敢吃絲瓜這種甜軟之物，盤子上的絲瓜獅子頭一口都沒有動。想不到，就這樣被老闆默默在心頭記上一筆，覺得我是故意在外人面前不給他面子。

我問了一些在社會打滾比較久的朋友，有人認為這沒什麼，是老闆氣量太小，才會連這點小事也要惦記。也有人認為應當要吃，就如同上位者在餐桌上倒酒給你，就算你不喝酒，也得喝下，給上位者面子。

這件事給了我兩個教訓。

一，在職場上，尤其是老闆在的場合，遇事務必小心。任何一點無心的小舉動，都有可能被過度解讀，或是誤讀。

二，不要挑食。

第四點，老闆討厭我跟學生談學運。

是年三月到四月之間，社會上最熱的議題（其實應該說是唯一的議題）就是「太陽花學運」，其影響之廣大深遠，相信大家都很清楚，我應該無需在此多加著墨。

那一個月，我也親自在立法院外面待了好幾個晚上，就近看見了很多令人動容的畫面，每天都有新的體悟。踏上講台，正課之外，我自然也跟學生分享我的看法。我讚賞大學生們的組織動員能力以及為理想奮戰的精神，我痛批用水柱與棍棒對付血肉之軀的政府。

儘管這是敏感話題，我依舊暢所欲言，想說什麼就說什麼，每天在台上力挺學運，鼓勵高二高三學生畢業成為大學生之後也要擔負起改變社會的重責大任。

好幾堂課過去，老闆終於按耐不住。一天，我正要搭高鐵前往台中上課，手機鈴響，老闆來電，一開口就叫我「千萬」不要再繼續談政治談學運，說部分家長「反應激烈」。老闆沒等我答覆，沒聽我解釋，逕自掛上電話。

於是，我坐上高鐵，抵達台中，上台，正課之外，繼續暢談學運。

當晚下課後，我在個人的粉絲專頁上發了以下這一段話：

下台中之前接到老闆電話
要我上課別談政治，說有部分家長「反應激烈」
我能做的已經很少了
如果拿著麥克風連敏感議題都不敢碰觸
那也太對不起那些挺身而出的年輕人了

考卷答案的對錯
絕對不是孩子們最該明辨的是非
對我而言
台下學生聽講時眼中閃爍的靈光
就是未來的
島嶼天光

短短幾行字，按讚人數近千。在那一個月內，我也在臉書上收到學生近百封私訊，感謝我願意好好跟他們講述這種多數老師不敢觸碰的敏感話題。

儘管這些「題外話」讓本來就看我不爽的老闆看我更不爽，儘管這些「題外話」觸怒了補習班裡很多大人，再讓我選擇一次，我依然會講，而且只會講得更多。

「敢言」是我上課的特色，可能也是老闆最討厭我的一點。

但是，關於這一點，我問心無愧。

第五點，老闆討厭我不常待在出版社。

補習班附設的出版社採打卡上班制，編輯時薪兩百元，上課老師時薪一百五十元。編輯有規定的上下班時間，上課老師則無。理論上只要可以在期限內完成自己上課所需的講義、教材以及考卷等等，你喜歡什麼時候來就什麼時候來，喜歡什麼時候走就什麼時候走，喜歡待多久就待多久。

但這畢竟只是理論上。

我遵照理論行事。平均下來，我每週在出版社工作的時間不超過五小時。對於全年無休每天待在出版社的老闆來說，我算是「不見人影」。他曾多次好言相勸，要我加長待在出版社的時間。

我從沒聽他的勸。

為什麼呢？因為我耍大牌嗎？不是。因為我故意跟他作對嗎？也不是。

Because I can't see the point.

我不懂為什麼我要加長待在出版社的時間。我不懂身為老闆，他為什麼要為了我在出版社工作的時間很短而不高興。事實上，他應該要誇獎我效率高才對。

我雖然很少到出版社打卡上班（絕對是全補習班最少的），但是我只要一坐到出版社的坐位上，必定心無旁騖，全神貫注製作教材，不聊天，不看手機，不上臉書，不吃零食，快快完成，做完打卡下班，收工回家。

這麼多年下來，我上課用的講義教材從來沒有出過紕漏，品質比起其他老師的，有過之而無不及。

既然如此，我為什麼要多花時間待在出版社呢？

在台東當兵的時候，長官看不爽台大畢業的小兵（通常台大畢業一定考得上軍官，但我人在英國留學沒能應考），刻意幫我安排一個最「賽」的職位：軍械士。我的任務是要掌管隊上所有槍砲彈藥，既危險，又麻煩，為節省篇幅，就不離題詳述了。總之，一陣辛苦過後，我掌握了訣竅，開始把事情做得又快又好。

然而，長官不喜歡你把事情做得又快又好。只要好就夠了，不用快。好幾次，我提早完成手頭的任務，把帶到軍中的書本拿起來讀，老士官長走過來，酸溜溜地說：「哇操，台大生就是不一樣，事情做那麼快，還有時間讀書啊？應該要多派一點工作給你做才對齁。」

後來我才知道，在軍中要過得順遂，要先學會「裝忙」。把簡單的事情做成複雜，把複雜的事情做成不可能的任務，做到天荒地老，海枯石爛，做到山無稜天地合，做到花兒都謝了。要影印五份文件，就分五次印，要印十份文件，就分十次印。時時刻刻表現出忙得焦頭爛額的樣子，長官看了就歡喜。

想不到退伍之後，到了補習班的出版社，我還要用「裝忙」來討上級長官歡心。一份講義三十頁，我如果一天做一頁，一個月天天都去出版社報到，也許老闆看了就舒服了。

話說回來，我們老闆還真的是軍旅出身，難怪行事往往帶著軍中習氣。

有些年輕老師知道老闆喜歡底下員工待出版社，索性在出版社「半定居」了。反正打卡上班有錢拿，不無小補，而且出版社有請煮飯外傭每天供應三餐，還省餐錢。於是沒有課上的時候，他們整天窩在出版社，手邊明明也沒有多少講義教材要製作，總之就混時間，上臉書，滑手機，吃零食，下載動漫電影，龜速進行工作，在老闆看見的時候，表現出忙得焦頭爛額的樣子。

他們願意浪費生命討老闆歡心，我不願意。

我寧可把那些時間拿來跑步、游泳、上健身房，練出完美的身型上台討女學生的歡心，我也不要窩在辦公桌前「裝忙」討一個老男人的歡心。

這是我的選擇。這樣的選擇，是會有後果的。

後果就是老闆討厭我。

我願意承擔這個後果。

*

職場上兩條鐵則：鐵則一，老闆永遠是對的。鐵則二，當老闆錯的時候，請參照鐵則一。

既然如此，我為什麼可以那麼叛逆，處處不聽話，處處跟老闆爭對錯呢？因為在多數的行業裡，老闆最大。在補教業裡，卻有一種人比老闆還大。

那種人叫作學生。

老闆討厭我無妨，只要台下的學生喜歡我就夠了。

有些老師是反過來，很得老闆喜歡，但是抓不住學生的心。這種老師總是沒幾個月就消失在補教界了。他們搞錯重點了，以為老闆的青睞就是一切。

人生的考試跟升學考試一樣，很多時候，失敗的原因都是劃錯重點。

曹操挾天子以令諸侯，我雖然不能挾學生以令老闆，但至少可以挾學生以令老闆不能令我。

我感覺得出來，從第一天面試開始，老闆就看我不順眼，對我有偏見，隨著時間推移，不順眼的情況沒有好轉，偏見反而愈來愈深。照理講，在任何產業裡我都早就應該被掃地出門，但在學生的保護傘之下，我卻風風火火地過了近五年的補教生活。

對此，我心存感激。

在那個小房間的對談之中，我笑出聲兩次。

第一次是苦笑。因為我沒有想到，這些年來為補習班南征北討，立了不少汗馬功勞之後，老闆竟然還能斬釘截鐵對我說出一句：「我告訴你，我討厭你！」

第二次是甜笑。因為我感謝老闆，感謝他讓我離開補習班的決定變得簡單。

讀到這裡，大家也許會有一個疑問：文章裡多次提到老闆討厭我，那麼，我對老闆的感覺又是如何？

很簡單：The feeling is mutual.

既然他討厭我，我也討厭他。

但是，我尊敬他。

討厭一個人，不代表要否定一個人。舉例來說，自從 LeBron James 為奪冠轉隊之後，我就開始討厭 LeBron，但是我也同時尊敬他在球場上的表現與成就。

老闆能贏得我的尊敬，原因很多，主要有三。

第一，他白手起家。

老闆從小家境並不好，成長的過程中，家裡甚至為了節省學費，把他送進軍校就讀。身為一介軍人，背後沒有靠山，手頭沒有資源，又不是英文本科出身，也沒有特別出眾的外表或口條，卻有辦法在如此不利的環境之中，單刀獨臂開創出稱霸一方的補教王國，成為宗師級的人物。這樣的故事幾乎像是偉人傳記，要人不佩服都難。

Coco Chanel 曾說：

Success is often achieved by those who don't know that failure is inevitable.

成功的，往往是那些不知道失敗其實無可避免的人。

這句話用在老闆身上，異常貼切。在他創業之初，我相信任何明眼人都看得出來，無可避免的失敗，絕對是最合情合理的結局。

偏偏，他碰巧不是這樣的明眼人。

他相信自己，沒日沒夜地埋頭打拼。於是，再怎麼貧脊的荒地，都被他翻著攪著搞出稻，搞出麥，甚至搞出花來。

精於算計的聰明人，往往在自己鞭辟入裡的負面分析裡，劃地自限。所以說，有些武功，顢頇傻氣的郭靖練得，天縱英才的楊過卻不行。

某年教師節，我在臉書專頁留了一段話：

我很高興，我出社會的第一個的老闆是一個白手起家的人，而不是一個靠家世靠祖產靠庇蔭靠山山不倒靠人人不老靠父靠母靠北靠木的小開富二代。單單是這點，就足以讓我心存感激。

這是真心話。

要我選擇跟著一個欣賞我的企業家第二代老闆或是討厭我的白手起家老闆，我選擇後者。這世界上有太多生下來就在三壘上的人，他們不配得到我的尊敬。相比之下，像我們老闆這種靠自己的力量，在逆風的情況下打出三壘安打的人，縱使討厭我，也值得追隨多了。

第二，他懂得照顧底下的人。

老闆注重養生，飲食非常健康。他也推己及人，讓手下的老師們跟他吃得一樣。他在補習班附設的出版社裡雇用外傭，供應餐點，上桌的清一色都是養生料理。用餐的空間、煮飯的外傭、三餐的飯菜，都是成本，換作是比較小氣或是比較不在意員工的雇主，大概不會願意另外花這個錢。

說到吃飯，前面提過老闆喜歡聚餐，這一點他也是不計成本，每次都帶全體老師們到超高檔的地方吃飯，往往是一般市井小民不會踏足的餐廳，每個人的餐點動輒要價四五千塊，不僅讓我們吃到好料，也見了世面，開了眼界。

補習班平日的上課時間是晚間六點半，正值交通尖峰。家裡住得遠的，不管是自己開車還是搭乘大眾運輸，難免風塵僕僕披荊斬棘才能抵達人潮車潮匯集的台北車站一帶。老闆希望老師們能省下精力，把體力用在講台上，所以鼓勵員工在補習班附近租房子，走路可達，上課前免去舟車勞頓，下課後又可以早早到家休息。

如果只是鼓勵，那就沒什麼好提了。只要租處在補習班附近，老闆大方補助房租。沒有期限，不限名額。只要你是補習班的一員，只要你還在補習班的一天，老闆就自掏腰包讓你住在台北市的精華地段。

老闆喜歡出國遊歷。據說他身上總是帶著護照，隨時想出國就直奔機場，不帶行李，需要什麼到當地再買，非常率性。跟養生餐一樣，這一點他也推己及人。補習班裡的老師，每年兩次，出國可申請補助，金額兩萬元。

有時候，你到比較近的國家，機加酒才一萬多，申請了補助之後，你不只免費出國，甚至還有倒賺。我相信很少雇主會做到這一點。

連如此不受寵的我，日常生活之中，都在在感受到被老闆照顧，更別說那些受寵的人了。

第三，他對英文與教學有著強大的熱情。

很多補習班老闆都會說，自己開補習班不是為了要賺錢。是不是真的，見仁見智。我們老闆也這麼說，而我可以保證，他說的絕對是真的。跨足多方投資（尤其是房地產）的他，根本不需要靠補習班賺錢。

他經營補習班，是因為真心喜歡英文，享受教學，想把自己的理念推廣出去。

「我要退休，移民到夏威夷去抱美女了！」這句話老闆一直掛在嘴邊。從我剛進補習班開始，說了五年，卻還是沒有退休。不要說「退」了，連「休」他都是整個公司最少休息的人。

不是因為移民夏威夷的本錢不夠（說不定他在夏威夷有房產呢），也不是願意給他抱的美女不夠，而是他教英文的癮還過不夠。

每隔幾個禮拜，六十多歲的他仍會搞個專題講座，親自披掛上陣，有時候題目比較大，他還得連教個八週十週。曾聽他在上課時說過一句話，雖然開玩笑的成分居多，但聽完不得不動容。他說：「我老了，不知道能不能教完這幾週的課，搞不好中途就死了。不過沒關係，我把後面的教材都準備好了，如果我死了，其他老師也可以幫我把課上完。」

他說完這句，台下的同學都笑了，但我笑不太出來，因為感動。

老闆好愛英文。記得有一次，我發現學校課文似乎出現一個文法上的錯誤。一位跟我友好的資深老師建議我去問老闆，說他會很高興。我將信將疑，拿著課本去請教老闆。他好開心，喜形於色，眼睛透著光，嘴角掛著笑，熱切地陪著我猛查文法書。離開他辦公室之前，他說：「老弟啊，你太棒了。有研究精神，非常好。」

老闆很少稱讚我，這是其中一次。回想起來，跟他討論英文那十幾分鐘大概是我五年來跟他相處最為融洽的一段時間吧。

大部分的英文補習班老師，把英文當作謀生的工具。

大部分的英文補習班老闆，把英文當作謀財的工具。

我們老闆把英文當作謀取快樂的工具，上了講台教英文，下了講台編英文書，樂在其中，不知老之將至。

要贏得我的喜歡，很簡單。你只要主動喜歡我，我大概也會喜歡你。但要贏得我的尊敬，並不容易。你必須要是一個強者，也是一個好人。

老闆既是強者，也是好人。

我跟老闆之所以漸行漸遠，終究不歡而散，原因可以歸結為四個字：相見恨早。如果我們晚一點相遇，如果我能成熟一點，懂事一點，不那麼恃才傲物，不那麼叛逆反骨，不那麼堅持自己認定的大是大非，也許，我們之間的很多摩擦與衝突都將被避免。也許，他不會有那麼多成見，我不會有那麼多抱怨。

也許，我不會選擇急流勇退。也許，他不會對我說：「我告訴你，我討厭你！」

老闆幾乎是我爺爺輩的人，但他總習慣喚我為「老弟」，聽久其實還滿溫暖親切的。我想對他說：「老哥啊，以後若還有機會合作，我們就少討厭彼此一點，好嗎？」

Part_2

補習班的那些事

離開的原因

對我來說，補習班老師這份工作有很多好處。

第一，可以說話給很多人聽。我喜歡說話，也很會說話。大學的時候，舉凡系上的晚會、迎新、歌唱比賽、戲劇比賽等等，只要有需要主持人的場合，我一定是第一人選。站在舞台上，拿著麥克風，被鎂光燈照著，我感到快樂而自在。補習班的講台上，除了正課以外，基本上會講三個東西：笑話、故事或道理，最好可以三者合一。這三個東西我都喜歡講，尤其喜歡三個混在一起講，一洩如注，講給很多人聽。

第二，不用早起。我從小睡眠品質不好，晚上難入眠，所以憎恨早起。高中每天都清晨五點四十起床，每天起床我都在想：「這樣的日子還要過多久？上了大學我一定不要天天早起。」當兵每天清晨五點半起床，每天起床我都在想：「這樣的日子還要過多久？出了社會我一定不要天天早起。」補習班老師在學生放學吃完晚飯之後才上工，平均的上工時間在晚上六點半到七點半之間，除了寒暑假與週末之外，大部分的時間都可以睡到日上三竿。

第三，需要打扮。身為愛美的天秤座，我對潮流與時尚敏感。我喜歡穿著打扮，喜歡健身，喜歡讓精壯美好的形體在剪裁合身的西裝與襯衫底下若隱若現。現在的高中生都很會穿衣服，補習班老師一定要比他們更會穿，除非你的年紀已經大到可以當他們的爸爸媽媽，不然難保不會有嘴巴惡毒的學生在台下指指點點，笑你俗氣。況且，人家在學校累了一整天，放學還要付錢來看你在台上來回行走三個小時，當然要給他們一幅好看一點的畫面。

第四，賺錢相對快速。這是老天爺賞飯吃的行業，做不來的人怎麼樣也做不來，做得來的人賺錢通常比同年齡的人快。舉例來說，進補習班兩年之後，我的鐘點費是一小時兩千五百元。比上不足比下有餘。雖然跟所謂的名師還差得遠，但也比一般菜鳥老師高出不少。有時週末「兩條龍」，兩天都滿堂，一堂課兩到三小時，六堂課下來超過三萬元，兩天的收入就超越社會上不少人一個月的薪水，賺錢的速度偏快。

離開之後的那幾個月，我不斷收到學生的臉書私訊，有因為我報名卻上不到我的課的，也有畢業後回補習班卻找不到我的，他們知道我辭去工作之後，都不解地問為什麼，我總輕描淡寫回以四個字：原因很多。現在，我就仔細解釋，希望那些學生讀到之後，能夠了解我的心情。

補習班老師這份工作，我做得輕鬆、上手、如魚得水，從中得到了金錢與快樂。究竟為什麼會選擇離開（或是暫時離開）呢？原因分為兩個面向，來自補習班的，還有來自學生的。

「醜話」說在前面，我就先說補習班的部分好了。

＊

所謂的補習班，這裡指的是補習班的行政高層。所謂的高層，這裡指的是君王與丞相，也就是老闆與主任。我跟補習班的其他老師以及工作人員們都處得很好，男的稱兄道弟，女的打情罵俏，相處愉快而融洽。然而，與補習班的行政高層之間倒是出過不少事件，每一個事件都在彼此的關係上劃下一道傷痕，傷痕多了，深了，情分流乾了，於是這段關係不得不終止。

六起事件，六道傷痕。大家就當成六個小故事來看吧。

兩人報名事件

第一次遇到暑假的招生季，發現南陽街一帶好像整個活起來了。所有的補習班都派人在街上揮舞著旗幟，發送著文宣，拿著大聲公吶喊。所有的補習班都推出最強的戰將上台「秀課」，說什麼都要把甫從國中畢業的一票新鮮人們拉進來報名。

對我們補習班而言，那位最強戰將就是女王凱麗。她一個人扛下所有的招生課程，在補習班全體配合造神之下，每一次踏上講台，都像天后歌手踏上小巨蛋一樣，風風火火，氣場懾人。

招生的效果呢？非常出色。一堂課約莫三百個試聽新生，開三間教室，一間現場，兩間投影機轉播。每堂課結束，這三百個試聽新生至少會有兩百個人當場報名。所謂的當場報名，當然不是掏出近萬元的學費（學生身上哪裡會帶那麼多錢），而是先付一百元訂金，保留位子。這些付一百元訂金的孩子們日後到底會不會來繳學費，還不一定（也很有可能後來又被別的補習班搶走），但一堂課就能讓那麼多人付訂金，也是一件不容易的事，需要授課老師與招生人員的完美配合。

招生大事，沒有我們這些菜鳥老師的份。我們唯一需要做的，就是跟學生們一起擠在台下「跟課」，體驗氣氛，學習秀課的技巧，幻想著有朝一日，自己也能踏上那麼華麗的重要舞台。

想不到，「有朝一日」這麼快就到了。

某個禮拜三，《壹週刊》出版，封面上放著女王凱麗與另一個知名補教老師的喇舌照。凱麗捲進媒體戲稱的「補教人生」事件，兩三天之內就淚灑記者會，宣告退出我們補習班。

那招生課怎麼辦呢？還是要上啊。幾個年輕老師被推上火線代打，我是其中一個。

「火線」二字絕非誇飾，這個任務著實燙手。

那一堂課，我教的是「翻譯與作文」，要在黑板上寫好多好長的句子。我使出渾身解數，把所有搞笑的段子全用上了。還記得那一天我穿著一件淡藍色的襯衫，下了課進廁所一看鏡子，整件襯衫變成深藍色——被汗水浸濕了。

我坐在休息區的辦公椅上，看著下了課的學生人來人往，排隊在報名櫃台問問題。我心中暗想：「三百人的課，凱麗可以讓兩百人報名，我可以讓多少人報名呢？一百人？好像太高估自己了。五十人？好像有點廢。」

等了好久，人潮終於散去，我帶著忐忑而期待的心情怯生生地走到招生櫃檯詢問。

「結果今天有多少人報名？」

櫃台的女性工作人員拿起滑鼠點了幾下，跟我說：「老師，目前有兩個人報名。」

兩個人？

兩個人？

兩個人？

你沒有看錯，我寫了三遍。我的招生處女秀成績，就是三百分之二，三百個試聽新生裡，有兩個人報名——剩下的兩百九十八人聽了我上的課都不想報名。我知道自己的實力跟凱麗有差距，但我不知道的是，兩者之間竟然差了百倍之多。

「老師，目前有兩個人報名」是補教生涯中對我打擊最深的一句話。之後，過了好久，聽了好多人的鼓勵與安慰，做了好多的心理建設，我的信心才一點一滴被救回來。

時間快轉，一年多後，我與幾個年輕老師相約課後到東區喝兩杯，席間出現一位前任工作人員，她辭職前的職位是櫃檯主管，也就是櫃台小姐裡面的頭頭。後來結婚，連續懷了兩胎，於是辭去工作在家帶小孩。

觥籌交錯之際，這位前任櫃檯主管問我：「老師，你還記不記得當年那堂只有兩個人報名的招生課？」

聽到這句，我的酒意全消，實在太解 high 了。

「我怎麼會忘？」

「老師，你想知道真相嗎？」

「蛤？什麼真相？」

「唉呦，反正我都辭職那麼久了，我就跟你說好了，但是不要說出去喔。嗯……到底要不要講呢？」

面對她的語帶神祕，我理不出任何一點頭緒。這個遠古的事件之中，究竟藏著什麼祕密。

「快點講！」我著急了。

「就是啊，那時候主任下令，說你上的那堂課不准學生付一百塊訂金報名，要報名就要繳清九千多的學費。啊哪個學生會帶那麼多錢啊？所以當然全部都沒報名啊，就算上課的是凱麗，也不會有人報名。那兩個報名的學生是剛好家長來接，才有辦法付清學費。」

聽完，我感到非常驚訝而困惑。驚訝的是，主任竟然會出這麼陰毒的招數。困惑的是，無冤無仇的，主任何必對我出那麼陰毒的招數。

「主任幹嘛這樣？減少我的招生人數，有什麼意義？」

「老師，你傻傻的。當然是為了討好凱麗，讓凱麗回心轉意，不要退出補習班啊。同時也讓老闆知道，這補習班裡沒有人可以取代她，這樣老闆就會挽留凱麗啊。」

原來如此。

就為了這樣，犧牲了我這個菜鳥老師，讓我的信心全滅，差點打消繼續當補教老師的念頭。

補習班老師跟主任之間，有點像軍官與士官長的關係。理論上，一個最菜的少尉軍官職級也高於最資深的士官長。表面上，老士官長遇到年輕的軍官也要行禮如儀。但事實上，如果老士官長想要「弄」你，你這個軍官的肩上有幾顆梅花都不夠用。補習班老師面對主任也是這樣。表面上，主任殷勤喊你「老師」，見到你的時候總是熱切道「老師好」。私底下，如果主任想要「弄」你，招數多的是，防不勝防。

要不是有那個辭職的櫃台主管說出背後的真相，我到現在還會認為自己曾經把課上得那麼差勁，還會以為三百個人裡面真的只有兩個人願意為了我報名。

這個真相很醜陋。

這個真相也為我跟補習班高層之間的關係劃下一道很深的傷痕。

沒上作文事件

我們老闆年近古稀，但人老心不老，對教學還有熱忱，每一兩個月一定要挑個主題，辦場講座，御駕親征，上台講課。他總在一個月前就挑好主題，接下來一個月，整顆頭腦都裝著那個主題。要上ＫＫ音標，他一整個月滿嘴都是有關ＫＫ音標的話題。要上漢語拼音，他一整個月滿嘴都是有關漢語拼音的話題。

那次，老闆決定開一個作文講座，於是一整個月下來，作文東作文西的，我們也聽慣了。某天，我坐在補習班附設出版社的辦公桌上，全神貫注對著電腦編寫上課講義。忽然，老闆兩隻手搭到我的肩上。

「老弟啊，最近模考班上課情況還好嗎？」

「還好啊。」我坐在位子上轉頭說。

「你要小心一點啊。有家長反應說你模考班都不上作文。」

「蛤!?」

我感到非常吃驚。雖然一整個月聽慣了老闆整天講作文作文作文，但萬萬沒想到他會突然來控訴我上課不教作文。模考班一個大題接著一個大題，題題分明，依序為單字、克漏字、文意選填、篇章結構、閱讀測驗、翻譯、作文。我怎麼可能跳過某個大題不教呢？

「有家長說你上課都不教作文。」老闆又重申一次。

「我有教啊，怎麼可能沒教？誰跟你說的？」

「老弟啊，你不要管誰跟我說的。有沒有教，你自己心知肚明。」

「我心知肚明啊。我有教啊。」

「你沒教，是主任跟我講的。」

當時會來我課堂上跟課的老師，除了新進的小老師以外，也有大老師。一位女性大老師在旁邊聽見，馬上跳出來幫我辯駁，跟老闆說我每次上課都有教作文。老闆覺得她是在袒護我，沒有理會她，再次提醒我上課要小心，不要漏教，然後走回自己的辦公室。

換做是一兩年前還是菜鳥的時候，我一定只能默默吞忍，但當時的我覺得自己地位也已經不低，於是放任怒氣爆發，馬上一手抄起出版社的電話，打到補習班找主任對質。

「喂，是哪個家長說我沒教作文？」我口氣相當不好，只差沒有連名帶姓叫她。

「哦，老師，沒有啦，是老闆跟你說的嗎？我沒有跟老闆講耶，不知道是怎麼傳到他那裡去的。」她支支吾吾，語氣裡滿是心虛。

「到底是哪個家長說我沒上作文，給我學生的名字，我去問。」

「老師，沒有啦，不是說你沒教啦，是說比起其他老師，你在作文那裡教得比較少一點。」看來她想要大事化小。

「那妳為什麼不直接來跟我反應，要跳過我去跟老闆講呢？」

「老師，我想說這是小事，就沒有跟你講。」

「不用跟我講的小事，卻需要跟老闆講？」

「老師，真的不是我講的，不知道是誰去講的。」

「老闆剛剛跟我說是妳講的。」

在還沒飆髒話之前，我先把電話掛上，然後走到出版社的陽台，對著街道冷靜思考一下。如果我會抽菸的話，這時候該點根菸來抽。

為什麼是作文呢？很顯然，因為最近老闆心繫作文，跟他說我沒教作文，殺傷力最大。那……為什麼要殺傷我呢？

百思不得其解。於是，當晚上完課，我找補習班裡與我相熟的幾個資深工作人員討論。得出來的結果是：高二三模考班留班狀況不好，主任為了自保，要找代罪羔羊。

容我解釋解釋。

補習班最重要的兩件事情，就是招生與留班。招生，是讓本來不在補習班裡的新生報名。留班，是讓本來就在補習班裡的舊生於下個學期繼續報名。

不管是招生或留班，都需要上課老師與工作人員的合作。所以招生留班狀況好，兩者都有功勞。招生留班狀況不好，兩者都有責任。功勞一定是大家搶，老師覺得是因為自己教得好，主任覺得是因為自己領導工作人員有方。責任一定是大家推，老師覺得是主任與工作人員能力不足，主任覺得是老師教得不夠好。

高二三模考班是本補習班最大最重要的班系。四個老師輪流上課，兩男兩女，一人一週，一個月正好輪完一輪。上課的四個老師基本上是補習班裡最強的戰力。除了我之外，其他三個老師的平均年齡約莫四十五歲，平均的補教資歷逼近二十年。

那三個資深老師與天地同壽，跟補習班共生滅，像是三尊不動明王。今天主任要把責任推給上課老師，要找留班失利的代罪羔羊，絕對不敢動那三個老師的腦筋，勢必找最嫩的下手。

心中的謎團有了合理的解釋之後，我不再憤怒。這是職場的常態。比起主任與那三個老師，我確實是補教界的菜鳥。菜，是原罪。菜鳥有菜鳥該擔的事情。

我當過兵，我了解。

況且，老闆年紀都那麼大了，我猜他過陣子就忘記了。

我猜錯了。

未來一年多，老闆每次見到我，每次都提起我上課不教作文的事情。我已經聽慣了，不在乎了，只覺得煩。在這一年多裡，老闆寧願每次見我每次提起，也不願親自到補習班隨機問一個學生：「孩子啊，世偉老師上課有沒有教作文啊？教得好不好啊？」

再說，每一堂課都有錄影，為何不調錄影帶出來一看究竟呢？

主任一句「有家長打電話反應世偉老師上課沒教作文」，老闆什麼都不問，就這樣信了，就這樣銘記在心。究竟我有沒有教，究竟有沒有這通電話，究竟有沒有這個家長，他都不願追查。

為近暱隔絕中外，乃人主之大忌。

以後主任或工作人員哪一天看哪個老師不爽，只需要捏造出一通家長電話，然後煞有介事地上報老闆即可，不費吹灰之力，簡直便捷。

有進讒言的口，有聽讒言的耳。被他唸了一年多之後，我突然發現，這裡不是一個可以久待的地方。

最受歡迎老師事件

老闆樂見底下的老師們彼此競爭。

三不五十就會聽見他在會議或是聚餐上說：「我們來辦個比賽。」看哪個班的招生人數最多，看哪個班的留班百分比最高。就我觀察，這些比賽的結果若是合老闆的心意，他就會大肆宣揚，大舉論功行賞；這些比賽的結果若是與老闆的心意相違背，那麼就不了了之，當作沒這回事。

什麼叫作合老闆的心意呢？就是比賽的勝者是他寵愛的老師。老闆寵愛的老師基本上一定是女性。這不能怪他，食色性也，哪一天我當了老闆，寵愛的員工大概也會是女性。什麼叫作與老闆的心意相違背呢？就是比賽的勝者是老闆不那麼寵愛的老師，例如我。

我常常贏，這些比賽也就常常不了了之。

某次聚餐，老闆突發奇想，要讓高二三模考班的四個老師比拼一下，發出問卷，讓學生票選最愛的模考班老師。在補習班裡，這堪稱所謂的頂尖對決。因為高二三模考班是主力班系，四個輪流上課的老師基本上就是公司裡最優秀的老師。

老闆興味盎然，似乎很期待。除了老闆之外，所有的老師與工作人員，包括我，沒有一個人感到興奮。為什麼呢？因為所有人都心知肚明，比賽的結果已定，只有老闆不知道。

不會有任何懸念，贏的一定是我。

這絕對不是說其他三個老師教得不好，也不是說其他三個老師遜於我。事實上，他們三人的資歷深，功力雄厚，猜題準確，教學各擅勝場，是非常非常傑出的老師。我還是菜鳥的時候，就是跟著他們的課，在台下學習成長的，所以我非常清楚他們三人的實力——全都在我之上，而且差距不小。

問題是，他們三位既不年輕，也不好笑。

要學生在四人之中選出最愛，這本身就是一場不公平的比賽。

那三位老師與學生的關係是師生關係；我與學生的關係是朋友關係。如果教你選，你會挺老師還是挺朋友？

另外補充一點。當時，除了我之外，沒有任何老師擁有學生幫忙創立的臉書粉絲專頁。那時候，我的粉絲專頁有三千多粉絲。我知道，聽起來很少。隨便一個小模都可以有數十萬粉絲，隨便一隻哈士奇或是法鬥都可以有百萬粉絲。重點是，我們補習班本身也有粉絲專頁，在當時，那個粉絲專頁的粉絲人數不到兩百人。

女王凱麗在的時候，說到受學生歡迎，她稱第二，沒人敢稱第一。然而，在「後凱麗時代」，說我是補習班裡最受學生愛戴的老師，絕非自誇。

問題是，老闆並不知道。要是他知道的話，他大概不會提議要辦這個比賽的。

於是，接下來一整週，高二三模考班的學生上完課，都會收到一張問卷，問卷上寫著四個模考班老師的名字，要他們勾選出自己最喜歡的老師。

一個禮拜過去，整個班系的問卷都收齊了。一個工作人員興沖沖跑來跟我說：「世偉老師，幾乎每個學生都勾你耶！」我跟那位工作人員不熟，所以我裝出一臉驚喜，對她說：「真的假的？謝謝他們啦！」隔天，另一個工作人員興沖沖跑來跟我說：「世偉哥，很屌哦，幾乎每個學生都勾你耶！」我跟那位工作人員很熟，她以前也是我的學生，所以我就不裝謙虛了，直接跟她說：「這不是廢話嗎？」

我想看主任要如何處理這個與老闆心意澈底違背的問卷結果。她是要假裝根本沒做這份調查呢？還是膽敢竄改調查的結果呢？老闆問起的時候，她要怎麼回答呢？

一個禮拜過去，兩個禮拜過去，一個月，兩個月，主任沒提，老闆沒提，當時弄得煞有其事的頂尖對決戲碼，就這樣好像從未發生。

好久好久以後，我在補習班遇見主任，輕描淡寫問她：「ㄟ，對了，之前不是有做一個最受歡迎的模考老師問卷嗎？怎麼沒有公布結果？」

「老師，問卷結果我們還沒統計出來。」

我應該感到憤怒，但我沒有，因為我已經預料到，也已經習慣了。

我的心裡月明星稀，水波不興。

儘管如此，我還是把這件事記住了。

悅讀班事件

詳情請見〈開不起來的「悅讀班」〉一文。

兩百萬賞金事件

上招生課是很累人的一件事情。暑假兩個月，感覺起來像是兩年。既勞心又勞力。

勞心，因為招生課是所謂的「秀課」，課程的重點不在於教學，而是在於取悅台下的準高中生以及家長，務必要讓他們覺得高中英文是有趣的，覺得台上的老師是值得崇拜的，覺得這個補習班是個樂園。每一堂課都要哏哏相連到天邊，三分鐘要讓學生會心一笑，五分鐘要讓全場哄堂大笑。那兩個月的生活，枯燥而乏味，但你每天仍要設法從無聊的日子中提煉出恰到好處的笑點，讓學生與家長歡樂的同時，還要認定你是一個值得託付高中前程的老師。

勞力，因為平常補習班是晚上才有課，但暑假兩個月，每天早上下午晚上，有三個時段的課。一天三個時段，一週二十一個時段裡面，如果你是那個年度負責招生的老師，往往一週只會休兩到三個時段。簡單來說，你不是在台上上課，就是在前去上課的路上。不是在備課的書桌前，就是在行進的高鐵上。每一次上台都要拿出百分之一百二十的活力，聲音響亮清脆，板書入木三分。兩個月的折騰之後，往往聲帶受損，體重下滑，髮質與膚質變差，形若枯槁。

暑假兩個月，台北車站的南陽街一帶形同戰場。招生老師，就是戰士。

那一年，我與另外兩個老師一起扛下招生大旗。那兩個老師一男一女，女的是前輩，男的是跟我同梯進補習班的大學同學。合作的同時，我們三人當然也彼此較勁，比誰招的學生比較多。

這很重要，擔任招生老師的人，如果招生能力不足，就會害配合的工作人員獎金縮水，他們也不會給你好臉色看。

在我們三人良性競爭，全力奮戰之下，那一年的招生表現不錯。暑假才過一半，老闆就說要提前舉辦慶功宴。

既然是慶「功」，代表有「功」。既然有「功」，自然要論功行賞。

我們三個招生老師坐在同一桌，心照不宣，都知道等一下老闆要好好誇讚我們一番，搞不好還有犒賞。我們都在心裡默默準備著謝辭。

飯局進行到一半，老闆站起來，拿起麥克風（不知道為什麼，不論我們到哪裡聚餐，餐廳總是有辦法幫我們搞到一枝麥克風），開口致詞。說很感謝全公司上下的努力，這一次的招生到目前為止很成功，大家都辛苦了。

接著，他說所有人之中最辛苦的就是主任，請主任站起來接受大家的掌聲。

老闆宣布：「所以，我決定發給她獎金一百萬！」

一百萬？

一百萬？

一百萬？

你沒有看錯，我寫了三遍。我們三個招生老師面面相覷，不敢相信自己的耳朵。尤其是我跟我的那個大學同學，我們打拼了兩三年，最近才剛剛賺進人生的第一桶金。老闆竟然這麼輕易就把一桶金賞給主任。

招生招得好，主任得金一桶。那我們三個招生老師，得金多少？

答案是：零。

更扯的是，我們三個連被特別提出來表揚都沒有，就只是被包括在「大家都辛苦了」的「大家」裡面。

我看不見自己的表情，但我看見另外兩個老師在餐桌上強顏歡笑，笑得很難看。我猜，我的笑容應該也很僵。

暑假還有一半，我們能怎樣？為表抗議「甩課」不上嗎？為表抗議故意把課上爛嗎？我們沒那個膽。我們還是盡忠職守，消磨我們的嗓音，燃燒我們的生命，努力上好每一堂課，鞠躬盡瘁，啞而後已。

儘管我們心裡都多少明白，一切努力無非是為人作嫁。

暑假過去，總結整個招生季，成果比預期來得好。一向喜歡找理由聚餐的老闆又說要開慶功宴。這一次，我們三個招生老師依然同桌，但心裡已經沒有期待。飯局進行到一半，老闆照例不知道從哪裡變出一枝麥克風，站起來致詞，基本的寒暄與感謝之後，他又把主任請出來，開始細數其犧牲與貢獻。

他請大家掌聲鼓勵鼓勵。

長長的掌聲停歇，他宣布：「所以，我決定再給她一百萬獎金！」

又一百萬？

又一百萬？

又一百萬？

你沒有看錯，我寫了三遍。我們三個招生老師再一次面面相覷，再一次不敢相信自己的耳朵。

我相信主任有她辛苦的地方，也有她應當獲得獎賞的地方，但有兩個問題：第一，那些地方真的值兩百萬嗎？第二，難道上課老師不辛苦，不應當獲得獎賞嗎？

我看不見自己的表情，我看見餐桌上另外兩位招生老師的臉。這一次，他們連強顏歡笑都省了，神情木然。我從他們眼中看見兩個字：退意。

幾個月之後，那位女老師結了婚，說要調養身子準備懷孕，於是退股，離開補習班。

再幾個月之後，那位男老師因為不滿「凍漲」的薪資與不公平的待遇憤而離職，隨後在臉書上接連抨擊補習班，鬧得滿城風雨。

我呢？我留下來了。

也許是對這個地方還有情分，也許是捨不得學生，也許只是懶得轉職或跳槽，我靜靜等待著，等待著以老闆個人好惡決定一切的體制能有所改變。

結果，卻等來壓垮駱駝的最後一根稻草。

滿意度事件

滿意度問卷是一張很簡單的長方型小紙條，上面只有一個問題：你對這堂課的感覺如何？有三個選項可以勾選：

□滿意。

□普通。

□不滿意。

下面還有幾行空位供學生寫一些看法或建議。

滿意度問卷通常用在新進老師身上。像我當年剛進補習班的時候，就被要求要連續數堂八十人以上的課，滿意度達八成以上，才可以成為正式老師。

每次做滿意度調查，我的成績一向很好，不要說八成，往往都是百分之九十七或九十八。

前面提過，老闆很喜歡老師們互相競爭，三不五時就要來個比賽。這一次，他又突發奇想，說要來個全面性的滿意度調查，不管是不是新進老師，每個班系的每一堂課放學前都要發下問卷，做滿意度調查。總結問卷結果之後，再來看誰高誰低。

老闆在全補習班都參與的大型會議上宣布這件事，大家側耳傾聽，我盯著眼前的桌子，面無表情。突然，老闆當著所有老師與工作人員的面，對我說了一句話。

「老弟啊，我知道做出來的結果，你大概會是最低的。但沒關係，課還是要上。」

我轉過頭，看著他充滿皺紋的老臉，突然想起「圯上納履」的故事。

張良悠閒散步於橋上，遇一褐衣老人。老人故意把鞋子弄到橋下，跟張良說：「孺子，下取履！」白話文就是「臭小子，下去給我把鞋子撿起來。」張良聽到這句話之後的反應是什麼？史記裡寫了很有意思的六個大字：

良愕然，欲毆之。

聽到老闆跟我講那一句話，我的心情跟張良如出一轍：愕然，欲毆之。白話文就是：嚇了一跳，想把眼前的老人痛毆一頓。

那一剎那，我真的又驚又怒。什麼意思嘛？不說我是最高的也就罷了，竟然預言我會最低。我自知老闆一向不怎麼喜歡我，對我有成見，但身為一個補習班的領導者，至少要對真實的情況有所了解吧。第一眼覺得我是個爛老師，不管我後來表現如何，都死心蹋地認為我就是個爛老師。這樣對嗎？

我當下真的差點要拍桌走人，但我想到張良。史記如此記載張良接下來的反應：為其老，強忍，下取履。白話文就是：看在對方年老的分上，強行忍耐，下橋去把鞋子拿上來。

於是，看在老闆年老的分上，我強行忍住怒氣，不發一語。

上有所好，下必甚焉。上有所惡，下面的人也只好配合。為了配合老闆的預言，主任用了一個陰毒的招式，來拉低我上課的滿意度。

模考班連續上一整週的課，第一堂課結束，我收到滿意度成果回報：百分之八十六。對其他人來說也許不低，但是對我來說是很低的。我百思不得其解。難道年紀漸長，上課的熱力也隨之下滑了嗎？

第二堂課放學，幾位同學拿著問卷來問我：「老師，上面調查的滿意度，指的是你上這堂課的滿意度嗎？」我覺得奇怪，這不是廢話嗎。把問卷拿來一看，才發現，問卷上面先是介紹了某個即將開設的講座，下面才接著問：「你對這堂課的感覺如何？滿意、普通還是不滿意？」

調查的滿意度是指我上的那堂課，但是不少學生以為所謂的「這堂課」指的是問卷上面介紹的那個講座。

我一開始不以為意。這種會造成學生混淆的白癡問卷，一定是某個新來的菜鳥工讀生製作的。我再去請他們改正就好了。下課後，我到行政區找了一個小組長問話：「請問一下這張問卷是誰做的？」小組長回答：「哦，老師，是主任親自做的啊。」

余愕然，欲毆之。

這裡的「之」代稱主任。

大家思考看看，一張簡單的小問卷，日理萬機的主任有必要親自做嗎？她刻意親自做，一定有她的理由。理由就是，她知道我的滿意度一定會很高。我的滿意度高，老闆的預言豈不是被打臉。於是，她要親手製做出一張混淆學生視聽的問卷，好拉低我的滿意度，就算不能拉到最低，至少也要比一兩個老師低才好向老闆交代。

我再一次強忍怒氣，跟行政人員反應，說學生會搞混，請他們把問卷給改回原本的既定格式。第三堂課之後，問卷改回來了。滿意度又飆回原本我熟悉的百分之九十七或九十八。

整週模考班上完，在前面兩堂課問卷詭計的拉低之下，我的滿意度還是有百分之九十二點多。對我來說不算高，但其他老師不見得追得到。我等著看，倘若其他老師做出來都達不到我這個（已經被詭計拉低後）的數字，老闆要如何自圓其說。

想不到，老闆直接宣布，做完我那一週的問卷之後，其他老師的課，不需要再做滿意度調查了。

聽到這個荒謬的消息之後，我的反應一樣：愕然，欲毆之。為其老，強忍。

忍是忍下來了。我沒有拍桌，沒有怒吼，沒有飆髒話，沒有指著老闆的鼻子破口大罵。我一如往常編寫講義，備課，上課，對老闆和顏悅色，行禮如儀。但是，對補習班的失望已經累積到一個點，我心裡暗自做好打算：帶完手頭這一屆模考班的學生，把他們送進大學之後，我要暫時走下講台，至少，走下這個補習班的講台。

*

以上，就是來自補習班方面的理由。接下來，該談談來自學生方面的了。請放心，來自學生方面的原因很簡單，不用分幾個事件，幾個故事慢慢闡述，一句話足矣：

我與學生的感情太好了。

你大概覺得很納悶吧，跟學生感情好，為什麼會想要離開補習班？

沒錯，如果學生也能一直待在補習班，我也會想要一直待下去。問題是，他們不會。他們會長大，會畢業，會離開。每送走一屆學生，我的心裡彷彿有一些東西被掏走。掏多了，掏久了，掏到快要空了，我就想要休息一下了。

許多老師會說自己跟學生就像朋友一樣。我不是這樣。我跟學生不是「就像」朋友，我們「就是」朋友。

剛進補習班的時候，我還不滿二十五歲。台下的學生，高一約十六歲，高三約十八歲，與我的年紀非常相近，縱使交上了朋友，大概都還稱不上「忘年之交」。有些學生被我教到的時候已經快要畢業，雖然他們也很喜歡我，但畢竟還來不及培養感情，送走他們，比較沒有痛癢。反觀，有些學生我從高一帶起，甚至從國三升高一時的暑期招生課帶起，相處的時間超過三年，熟得很。我看著他們成長，我自己也在成長。

上課的時候，我跟他們說很多人生的道理，跟他們分享我求學的故事、戀愛的故事、好玩的故事，每每台上台下笑成一團，完全不像是在補習。下課的時候，我帶他們出去吃飯、喝飲料、看電影，付出一般老師不願意付出的個人時間。

他們總愛圍繞在我身邊，遇到什麼問題都會跟我講。這個年紀的少男少女，荷爾蒙澎湃，大部分的問題都是感情問題。男生們跟我訴說感情問題，我身為男性，高中讀的又是男校，所有的問題，我不是親身遇過，就是身邊的兄弟有遇過，所以，我總能提供很多點子。女生們跟我訴說感情問題，我交過不少女朋友，台大外文系裡大部分的同學又都是女性，所有的問題，不是我的女朋友遇過，就是我的女性朋友遇過，我總能提供很多點子。唯一例外的情況是，她們戀慕的對象就是我本人時，那我就比較幫不上忙了。

總覺得我教他們的感情與人生事，遠比教他們的英文多。

跟這群孩子們在一起，我的工作不像是工作。跟我在一起，他們的補習也不像是補習。

天下沒有不散的筵席。這句話雖然爛俗無比，卻一點都沒錯。

我再喜歡他們，他們終究要長大，要畢業，要離開，要各奔東西，要投入大學生活，要慢慢把我忘記。

我的個性感性而念舊，每次接近六月的最後幾堂課，我在台上總是感覺離情依依。記得某一堂課，上完就要說再見，尾聲時，我說：「好了，這就是我教你們的最後一題。」某個學生突然一聲令下，全班每個人都舉起親手製作的西卡紙板，版子上寫著想要對我說的話。看著台下的紙板海，我好不容易才忍住不哭。

學生們給過我的禮物和卡片，實在太多，實在太精美。儘管很占空間，我全都收藏妥貼。對我來說，比起教書賺來的銀兩銀票，這些禮物和卡片才是真正珍貴的戰利品。

說到禮物和卡片，我曾經開玩笑說過：「等哪一天，我在教師節收到的禮物和卡片比我在情人節時收到的多，我就退休。」因為，那代表學生開始把我當師長看待。師長，就是長輩。我不喜歡當長輩。

結果，最近這一兩年，教師節收到的禮物和卡片真的越來越多，情人節收到的禮物和卡片真的越來越少了。

隨著與學生之間的年紀差距越來越大，他們真的開始把我當長輩看了。不勝唏噓。

補習班其他老師，多半是可以當我老師的年紀，他們似乎沒有這些問題。對他們來說，學生就是小孩子，說難聽一點，甚至只是補習班的顧客。送往迎來，他們瀟灑自如，不沾不滯，毫無留戀。就我所知，其他的老師（除了當年的女王凱麗之外），幾乎很少有人會在上課之外，跟學生有多餘的互動。

不要投入感情，離別的時候就不會傷心。

這樣似乎才是正確而專業的做法，但我做不到。

我是性情中人。

於是，第三度送走我從高一開始帶起的一屆學生之後，我決定暫時停下腳步，沉澱一下。

＊

去年六月，上完指考前最後一輪模考班，我跟老闆報告，接下來將不參與暑假的招生課程，一陣子不教書了。於是，就發生了「我討厭你」事件。（詳情請見〈我討厭你！〉一文）

身兼出版社編輯的前輩老師建議我不要直接退出補習班，可以選擇到補習班附設的出版社擔任編輯，我覺得可以接受，老闆也覺得這個主意不錯，就批下公文，把我的身分從上課老師改成出版社編輯。

我只有一個條件：我要完全依照自己的想法，製作自己想做的英語學習書。

老闆勉為其難答應了。

上班第一天，我照自己的想法編寫。老闆看了，說我的想法不好，還是照他的想法寫吧。

上班第二天，我還是寫我自己的。老闆看了，有點生氣，說我怎麼講不聽呢，明令我停止手邊的工作，照他的要求寫書。

上班第三天，我依然故我。老闆忍不住了，把我叫進辦公室，大發雷霆。

「我叫你做A，你偏偏給我做B！」

「我開補習班四十多年，第一次那麼生氣！」

「你是一顆不定時炸彈，我不敢把你放在我的身邊！」

說真的，我們老闆修養頗佳，脾氣很好，極少看到他發飆。我沒有回嘴，默默聽著他罵。我不害怕，也不憤怒，我的心裡沒有任何波瀾，平靜異常。

等他終於罵完，我起身，對他鞠了一個躬，一言不發，走回我的座位，開始收拾東西。

我要離開這個地方了。

故事講到這裡，容我跳出來說一個看似風馬牛不相干的題外話。

我是麥可喬丹的信徒。聽好，不是麥可喬丹迷，是麥可喬丹的信徒。麥可喬丹不是我的偶像，他是我的信仰。在兩年多前，我從國外網站上看到，有一位名叫Roland Lazenby的傳記寫手要著手寫麥可喬丹大傳。我開始密切注意，在我離開補習班的幾個月前，我在Amazon網站上發現，那本書還沒出版，但已經開放預購。我馬上寫信給幾個跟我合作過翻譯的出版社，問他們有沒有意願簽下這本書，翻譯成中文，在台灣出版。這本書是一本所謂的「大書」，頁數非常多，而且在國外很受矚目，所以不容易簽到。好幾個月過去，我不斷去信詢問，都沒有任何消息。沒有辦法，雖然很可惜，我也只好放棄。

回到故事。我收拾好東西，準備離開補習班附設的出版社。老闆從他的辦公室走出來，似乎對於剛剛的發火有點歉疚，他對我說：「老弟啊，你那麼相信自己，搞不好有一天會發財。」

就當這句話是道別吧。

我搭上捷運回家，手機忽然震動，有一封電子郵件。某個跟我友好的出版社寄信來說，他們終於簽到麥可喬丹那本傳記了，由於是我推薦的，理所當然要委託我翻譯，問我何時方便去簽約。

我馬上回信：「現在就很方便。」

回完信之後，我看見手機上的日期，六月十五日，剛好十幾年前麥可喬丹最後一次在芝加哥公牛隊出賽的日子。

剛好在我離開補習班的當天，我最想要翻譯的一本書被台灣的公司簽進來。這大概就是所謂的緣分吧。

麥可喬丹在三十歲的時候第一次從籃球場上退休，改打棒球。

我在三十歲的時候第一次從補教界退休，翻譯麥可喬丹傳記。

這樣，好像也不錯。

孩子們的南陽街與大人們的補習班

作　　者　蔡世偉

發 行 人　林敬彬
主　　編　楊安瑜
責任編輯　黃谷光
內頁編排　詹雅卉（帛格有限公司）
封面設計　陳膺正（膺正設計工作室）

出　　版　大旗出版社
發　　行　大都會文化事業有限公司
11051台北市信義區基隆路一段432號4樓之9
讀者服務專線：(02)27235216
讀者服務傳真：(02)27235220
電子郵件信箱：metro@ms21.hinet.net
網　　　　址：www.metrobook.com.tw

郵政劃撥　14050529 大都會文化事業有限公司
出版日期　2015年09月初版一刷
定　　價　280元
I S B N　978-986-6234-87-3
書　　號　B150901

First published in Taiwan in 2015 by Banner Publishing,
a division of Metropolitan Culture Enterprise Co., Ltd.

4F-9, Double Hero Bldg., 432, Keelung Rd., Sec. 1,
Taipei 11051, Taiwan
Tel:+886-2-2723-5216　Fax:+886-2-2723-5220
Web-site: www.metrobook.com.tw
E-mail: metro@ms21.hinet.net

Cover Photography: iStock / 1678921

大旗出版
BANNER PUBLISHING
大都會文化

國家圖書館出版品預行編目(CIP)資料

孩子們的南陽街與大人們的補習班 ／ 蔡世偉著.
-- 初版. -- 臺北市：大旗出版：大都會文化發行,
2015.09

256面；21×14.8公分. --（B150901）

ISBN 978-986-6234-87-3（平裝）

855　　　104016148

課間閒談

01

I'm not materialistic. I believe in presents from the heart,

我在意的並非物質。我相信源自於心的禮物，

like a drawing that a child does.

像是小孩子畫的圖畫。

VICTORIA BECKHAM

維多利亞・貝克漢

深藍色的方形紙盒，白色蕾絲緞帶，在上方打成一個蝴蝶結。

「哇，這麼好！裡面是什麼？」

還在讀高二的女孩把藍色盒子送給我的時候，我才剛踏入補教界不久。剛剛上完一堂表現不好不壞，學生反應不冷不熱的課。因為不明不白地被老闆批評造型「望之不似人師」，所以不甘不願地穿上一身剪裁不寬不窄的成套西裝。

那是一個冬天，台北車站地下街，熙來攘往嘈雜不堪的週末。

「不會自己看喔。」

依照慣例，女孩仍是一副懶得理我的態度。就算，她正送出一份費心製作的珍貴禮物。

我聽從命令打開紙盒，藍色蓋子被取下來的瞬間，整個盒子如玫瑰綻放，每個面順時針迴旋舒展開來，攤平在桌面上，化作一張九宮格的巨型卡片，每一格顏色不同，上頭都寫滿了給我的話語，聖誕的祝福。

「靠，也太屌！等一下上課我要拿去跟學生們炫耀。」

「靠，不要啦！很丟臉耶！」

我看得出她是開心的，也是感動的。

但是，絕對沒有我開心，沒有我感動。

忝為人師這幾年，西洋情人節與七夕、聖誕節及生日，收過不少學生送的禮物。（教師節反而很少，這不知道是好是壞。）最喜歡的，就是手寫手做的卡片。而其中不乏各式各樣的創意與心意，不管是在文字上，或是形式上。

例如一個麥克風形狀的巨型卡片，上面寫滿了譏諷我年事已高的語言和表情符號；例如一張我的大頭照，下面接上王子的穿著，頭上再戴頂皇冠；例如整本厚度幾乎成書的精美小冊，每一頁還能抽拉出不同的立體驚喜；例如一片厚紙板上全是模仿古文體裁的胡言亂語，結尾還畫龍點睛地來一句「臨表涕泣，不知所云」。例如一張幾可亂真的「遊戲王」決鬥卡，把我的半身照鑲嵌其上，成為攻擊力無限的召喚獸……。

每一張手做的卡片，每一行手寫的文字，都是我珍而重之妥善收藏的寶貴事物，也讓我不禁自問：長大後的我們，為什麼似乎漸漸失去親手做一份禮物，或是親手寫一張卡片的能力與意願呢？

也許是因為我們開始信仰物質，學會在特殊的日子為對方購買嚮往已久的商品，為對方預約時下最多人排隊朝聖的餐廳。學會為男人挑選一支穩重內斂的名錶，學會為女人訂購一只低調奢華的名包。學會在落地窗視野懾人的飯店房間點滿蠟燭擺滿玫瑰，學會什麼年分的紅酒最襯托美景良辰、最催化不醉不歸。

也許是因為我們學會了怎麼刷卡片，於是忘了怎麼寫卡片。

也許是因為我們經歷了風霜，學會了世故，於是忘了手做的

溫潤，剪貼堆疊自己純粹的情感。也許是因為我們遭逢了波折，學會了隱藏，於是忘了怎麼用手寫的誠懇，一筆一劃勾勒自己真實的心事。

到書店採買材料，坐在補習班的桌子上，專心用美工刀切割各色的西卡紙，與同學討論著卡片上該埋下什麼哏，想像著對方收到卡片時的反應，看到某一句話時的表情。這是一段美好的年歲裡，一幅美好的風景。

可惜的是，這樣的風景，很可能就此定格，往後的人生裡難以復見。

當一個人遠離青春，到了一個年紀，他或她，可能有了車子，有了房子，有了修養，有了見識，有了事業，有了歷史。但是，往往就拿不出一段像樣的感情，也寫不出一張像樣的卡片了。

02

Friendship is like money, easier made than kept.

友情如財，易取難留。

SAMUEL BUTLER

山謬・巴特勒

常常私下問學生有多少臉書好友，得到的答案基本破千。

社交網路的興盛（對於目前的台灣來講就是臉書的興盛），讓交友這件事情的意義變得輕浮，讓朋友這個詞彙的厚度顯得單薄。以食指輕叩滑鼠，或以拇指點擊手機螢幕，送出一則邀請，對方一旦接受，就是一對現成好友。

以前談及某個人，大家常說：「他 / 她是我好朋友」，現在大家更常說：「他 / 她是我臉書好友。」如果某個人，在現實生活中不是你的朋友，甚至素昧平生未嘗謀面，連認識都稱不上，但卻是你的臉書好友，那這「好友」兩字，到底該從語言上什麼角度解釋？

「好」在哪裡？何以稱「友」？

從前要認識一個人，講的是緣分。

碰巧生得差不多年紀，碰巧住在鄰近的社區，碰巧分到同一個班級，碰巧抽籤換座位時坐在隔壁，碰巧在校園某個轉角處撞在一起。這種機運的偶然，經過張愛玲的錦心繡筆，鑄成絕美佳句：「於千萬人之中遇見你所要遇見的人，於千萬年之

中，時間的無涯的荒野裡，沒有早一步，也沒有晚一步，剛巧趕上了……。」

現在要認識一個人，不求緣分，無關巧合，早一步，晚一步，早一萬步，晚一萬步，都沒關係，反正想要認識誰，她或他的臉書頁面永遠晾在那裡，透過關鍵字或是共同好友搜尋，一蹴可幾。所有詳盡資訊，多年來的動態千則，照片（騙）萬張，一覽無遺。

快是快，多是多，方便是方便，就是少了一種命中註定要相識的美感，少了一份百年修得同船渡的浪漫。

虛擬的網路世界如此，現實的生活之中，交友的儀式，也越來越臉書化。現代人喜歡辦趴，什麼事情後面冠上一個趴字，有人有酒有場子有音樂，就好像變得很好玩很時尚很洋腔。長大出社會後又講求所謂 networking，人脈即金脈。

而金脈，比筋脈還重要。

都市人遊走在各色各樣的趴裡，交朋友，幾句幽默寒暄之後，連恭敬遞上名片的動作都免了，直接用智慧型手機加臉書加 Line，看看對方的大頭貼，膚白似雪，目透星芒，比站在眼前的本人好看至少六倍，而本人卻絲毫不顯害臊，彷彿理所當然。

為了維持人脈，臉書上持續留言點讚，Line 上面逗趣貼圖不斷，但是沒有一通電話交談，遑論相約見面吃飯。

現代人所謂友情，總是不敢放到涼，卻也懶得煲到暖。

真正的好友，是萍水相逢，卻一見如故，不是滑著手機言不及義，互丟貼圖。

真正的好友，會為你蹈火赴湯插刀兩肋，不是將你視為人際關係上的雞肋。

真正的好友，是相見亦無事，不見常思君，不是相見沒時間，不見勤留言。

真正的好友，會珍重地把你的生日記下，認真寫一張卡片，陪你慢慢吃一頓晚餐，不是當臉書提醒「今天與某某某一起慶祝，在他的動態時報上寫下生日祝福」時，自以為瀟灑自以為洋派地留下 HBD 三個字母。

真正的好友人數，不可能破千，不可能破百，破十嫌多，有三五個就很富足。

簡單一句：真正的好友，是用「交」的，不是用「加」的。

03

Landlords, like all other men,

地主就像其他人一樣，

love to reap where they never sowed.

總想要收割自己未曾播種之地。

KARL MARX

卡爾．馬克思

投資地產幾十年的老闆曾經語重心長地說道：「人生在世，其實比的只是誰先拼到一戶房子。」

有點膚淺，有點荒唐，有點殘酷，但是百分之百真實，在這個寸土絕不只寸金的場域，在這個有房斯有財的時代。

把城市的平均房價與城市人的平均收入拿來隨便算一算，得出來的結果和便利商店架上那些商業讀物告訴我們的一樣：一個人往往要不吃不喝直到六七十歲，才能擁有一戶三十坪左右的公寓。

這令人心碎的等式，代表的不僅僅是個人度日的捉襟見肘，也代表群體文明的停滯不前。試想，非要傾注一生的歲月與精力，方得換取四壁遮風擋雨的屋宇，還有什麼餘閒和餘力，去充實筋疲力竭的自己，去提升乾枯狼狽的性靈，去豐富朝不保夕的生活，去教養幾乎沒有勇氣生產下來的下一代？

然而，對於那些擁地自重的人來說，從豪宅落地窗望出去的

人生景致卻大有不同。

故事大概像這樣吧：他們的父母祖父母或是曾祖父母當年賤價入手某塊荒地，時光荏苒，地廣人稀之處漸形地狹人稠，都市規畫起來了，捷運搭造起來了，地價飆漲起來了，他們富裕起來了。

於是，他們不用跟一般人的孩子一樣，為了覓得好工作好收入而拼命在考場上廝殺，因為做那些好工作領那些好收入整整兩世紀，也不如他們信手脫售一間房子。他們不用跟一般人的孩子一樣，為了支付目前住所的月租金，為了籌措未來住所的頭期款，省吃儉用，研究各種理財方式與貸款方案，因為就算積少成多聚沙成塔整整兩輩子，也不及他們隨意賣出一塊建地。

有土地的人有福了，有房屋的人有福了，因為你們不用播種便能收割，而你們所收割的租屋金與購屋金，是其它人汗滴禾下土辛勤播得種。

這是制度的畸形，這是經濟的霸凌，這是社會的不公平。

但是，我們幾乎無能為力。

所以說，「書中自有黃金屋，書中自有顏如玉」的古語，是引人發笑的大謬，是誤盡蒼生的屁話。

這年頭，「黃金屋」多半是繼承而來的，而「顏如玉」多半是要住在別人那繼承而來的黃金屋裡頭。

唉，多希望有一天，城市不再是杜甫筆下「朱門酒肉臭，路有凍死骨」的 M 型社會，而是陶潛筆下「眾鳥欣有託，吾亦愛吾廬」的美好所在。

當然，這樣的希望大概是要落空的。

04

Happiness can exist only in acceptance.

幸福，只能存於接受之中。

George Orwell

喬治・歐威爾

「成長，往往就是一連串的妥協。」這是我上課時常常跟台下高中生們說的一句話。

得到或是達成自己最想要的，就是幸福。但是，因為人類的欲望無限，也因為現實世界的橫征暴斂，要得到或是達成自己真正最想要的，基本上並不可能。

我們只能接受次想要的、次次想要的，或是其實不那麼想要的，並且盡量從中提煉出一種類似幸福的東西。

小時候讀的童話故事裡，王子總是跨著駿馬，帥氣地擊敗反派角色，與美若天仙的公主在城堡裡 live happily ever after。那是一種無懈可擊的幸福。

長大後自己寫的人生故事裡，你不但沒有能力擊敗反派角色，可能還得對他們逢迎拍馬、阿諛奉承。心中最嚮往戀慕的那位公主百分之百不會剛好看得上你，你身邊的那位，往往是妥協之下降低標準追到手的糟糠之妻。駿馬換成了破爛的 125 機車，風吹雨淋，穿街走巷，灰頭黑臉。別說城堡了，計算一下，市區十坪的小套房你要不吃不喝數十年才買的起。

04

本身不是公主與王子，如何從此過著幸福快樂的日子？

小美人魚用宛若天籟的歌聲，換一雙腿，試著走向幸福。長大的我們，則是用兒時夢想的翅膀，換一雙腿，從此腳踏實地。

英文裡 compromise 這個字，是「妥協」的動詞與名詞。前面字首 com 的本義為「所有」或「一起」，後面的 promise 當然就是「承諾」或「保證」。這樣的造字，彷彿隱隱諭示：

可以保證的是，妥協，絕對是所有人都會一直不斷遇上的事。

05

I think it's very difficult and it requires a tremendous amount
我想，在這個步步鼓勵自戀的文化之中，
of spiritual integrity and discipline, to not to be a narcissist
很難不成為一個自戀者，
in a culture that encourages it every step of the way.
因為那需要高度的精神完整性與自律。

ALAN BALL
艾倫・鮑爾

Narcissus，水仙花，也是希臘神話裡一位王子的名字。他愛上了自身的水中倒影，日夜思之視之，為之廢寢忘食，頃刻不捨相離，終於殞身湖畔。王子「殉情」之後，水邊長出純白鮮花，朵朵低垂面水，依舊顧影自憐，得名水仙，衍生字：narcissism，自戀。

當 Narcissus 望著水中的自己，欣賞倒影的各種不同角度、各種不同表情以及各種不同光線照射之下的神韻，無可救藥、無可自拔地愛著那情態，是否有點像是現代人用手機的前置鏡頭對準自己，捕捉光線調整角度變換表情，無可救藥無法自拔地拍著，上傳著，再拍，再上傳。

人類對自身容貌的 obsession 是不容小覷的。

猶記得留學英國時遍訪古堡，室內陳設總不乏古堡原始主人某某公爵的畫像，不只琳瑯滿目，簡直十面埋伏。某某公爵大多

不甚俊美，卻喜於命令畫師們不斷製造自己的portraits，身著極端華美的衣飾，或馬上或馬旁，或坐或站，甚至半躺於床。

奇巧百出的精緻畫框，彷彿手機修圖軟體的貼心選項。

充斥主人肖像的古堡長廊，宛若現代人臉書的塗鴉牆。

Selfie，自拍照，獲選為牛津字典（Oxford Dictionary）2013年的Word of the Year。甫度過馬雅曆法的世界末日，這一年，地球上一如往常發生了許多事，地球人在自己一如往常的平淡日子裡，一如往常用手機鏡頭捕捉著，用社交平台分享著自認為並不平淡的自己。上課的自己、坐車的自己、進食中的自己、換了髮型的自己、跨年煙火下的自己、生日蛋糕蠟燭前的自己、買了一杯星巴克的自己、偶爾讀了一本書的自己、刻意不小心露出事業線的自己、蓄意不注意露出人魚線的自己、假裝素顏其實細心打造自然妝感的自己、假裝睡著其實右手正在拍攝的自己……，甚至，哭泣中的自己。

電影《偷情》*Closer*中有一幕很動人的鏡頭，得知情人劈腿的Natalie Portman，背對著感情中的第三者Julia Roberts，突然轉過身來對她說："Just take my picture!"同時，淚水滑過Natalie Portman那張美到近乎違法的臉龐，身兼情敵與攝影師的Julia Roberts捕捉了這個瞬間，之後這張黑白照片成了她攝影展的作品之一。這樣的畫面，這樣的照片，確實很有拉扯人心的情緒深度與視覺美感。

臉書上許多瞎妹們，也喜歡趁著自己傷痛落淚（或是打呵欠流目油）的時候，趕緊拿起手機，拍照，修圖，上傳，附上一行動態：也許我不值得人愛吧……？再附上一則狀態：覺得孤單。然而，無論流淚的照片底下，有再多假裝關懷的好姐妹瞬間按

讚，有再多精蟲充腦的癡漢留言噓寒問暖，這些淚眼汪汪的瞎妹也不會因此變成 Natalie Portman。

她們只是從瞎妹變成矯情的瞎妹而已。

Oxford Dictionary 在年度風雲字底下提供的例句是這樣的：

Occasional selfies are acceptable, but posting a new picture of yourself every day isn't necessary.

「偶一為之的自拍照是可以接受的，但是每天發布一張自己的新照片實在是沒有必要。」

也許，這是個缺愛的時代，於是我們只好愛上手機螢幕裡的自己。

也許，把手機置於土壤，螢幕朝上，打開前置的自拍鏡頭，隔夜，旁邊將開出水仙，朵朵低垂，顧影自憐。

06

People seldom do what they believe in.

人們不太做自己相信的事。

They do what is convenient, then repent.

他們做方便的事，然後懊悔。

BOB DYLAN

巴布．狄倫

所謂「生活」，是會榨乾一個人的志氣，磨盡一個人的風骨的。

姑且不談論特別優渥的或是特別窮苦的，一個正常的市井小民，肩上要背負的經濟壓力大略是這樣：房貸、車貸、小孩學費與補習費、父母親供養費、家中雜用、應酬娛樂費用、婚喪喜慶紅白包、各項雜稅、水電瓦斯網路第四台電話及手機費……。

甭說負擔了，光是把上面這一長串項目用鍵盤打出來都有點手痠。這麼多要付的錢，誰有種拋下眼前自己早已厭惡不堪卻又一直咬牙做下去的工作，然後去追尋自己的理想，施展自己的抱負，做自己真正相信的事情？

所以，當你還年輕，當你還沒有肩挑沉重的經濟壓力，又已經脫離學測指考的桎梏，可能是大學生，可能是還沒成家立業的社會新人，是不是更應該把握機會，放手一搏？

不要考慮有沒有前途，更不要考慮有沒有錢可圖。

想要搞戲劇的就去搞，想要跳現代舞的就去跳，想要畫油畫、

06

想要練書法、想要研究考古、想要出版詩集……都放膽去做吧。

不要理會長輩的阻攔，不要聽信各方的勸說，不要因好事者的諄諄教誨而卻步，不要為過來人的悽慘前例而疑懼。

每年大考結束，我很不喜歡聽到學生在選填大學科系時，第一優先考慮的，不是自己的興趣，而是社會的期待與市場的需求。我也很不願聽到「念這個系以後要幹嘛？」這樣似乎理直氣壯的質疑。

為了鞏固未來的溫飽，為了討好眾人的觀感而選擇大學的主修科系，如同因為適婚年齡的逼迫，因為對方家世家產的優越而成婚一樣愚不可及，一樣本末倒置。

是的，這世界上有很多人，都憑藉著我所反對的那些理由選系、成婚。

但是，很多人做，不代表你也要這麼做。

很多人做，不代表可以積非成是。

青春，是每個人都只能兌現一次的籌碼，不要浪擲這份珍貴的本錢，不要辜負此生最美好的年紀，不要委身做生活的奴才與婢女。

雖千萬人，吾往矣，才會無往不利。

07

The reading of all good books is

閱讀好書，

like conversation with finest men of past centuries.

如同與過往世代的人傑們對話。

RENÉ DESCARTES

勒內・笛卡兒

高中的時候，我澈底參透英文這個「科目」，三年來十八次段考，沒有一次低於九十分，學測十五級分是一小塊蛋糕，指考飆到了 97 點多分，以當年的級距在全國考生約莫排名前十，而且解題神速，考試時間八十分鐘，寫完選擇題，抬頭看看教室前方的時鐘，只過了二十分鐘。

可惜，英文畢竟不是只有填空與問答，它不是一個「科目」，而是一種「語言」。

進了台大外文系之後，我那些應付「考試英文」的神技全面崩壞，寫出來的文章基本上跨不過門檻，除了指考作文那套八股的起承轉合之外可以說胸無點墨，課堂上被外籍老師點到只能紅著臉以破碎單詞支吾回應，連一句意義完整的句子都擠不出來。

於是，就在大學一年級，為了挽救英文，為了重拾自尊，我開始讀英文小說，從此沒有間斷。

第一本小說，是 Mario Puzo 的 *The Godfather*，也就是赫赫

有名的男人聖經《教父》。萬事起頭難，閱讀此書的時候，我一個一個單字查，幾乎花了整整三個月才讀完，之後一本一本買下去，一本一本讀下去，需要查的單字越來越少，漸漸讀出興味，從中獲得很多快樂，便養成了甩脫不掉的習慣。

大二那年修翻譯課，教授說外文系學生的英文大致沒什麼問題，可是中文不見得好。大家都以為可以日常溝通中文就算好，其實如果真要寫文章，連「通順」兩個字都做不到。我看看BBS 個板上大家為賦新辭強說愁的發文，再看看手機裡同學們傳來幾封篇幅比較長的簡訊，發現教授講的很有道理。

從此，無論生活多忙碌，我一定同時讀一本英文閒書，一本中文閒書。

沒錯，無論生活多忙碌。忙，是不讀書的藉口，不是理由。

史書說曹操「禦軍三十餘年，手不捨書，晝則講武策，夜則思經傳。」正是因為兵馬倥傯俗務纏身與案牘勞形腹背受敵，才更應該在零碎時間裡，藉由文字逃脫紛擾的現世，靜下心來接收幾縷悠長的智慧靈光。

都市人最厭惡的通勤時間，就是很好的選擇，所以我總是在移動中閱讀。

家住天母，台大在公館，中間是一條長長的淡水線，來回三十餘站，當其它乘客選擇發呆聽音樂講手機翻爽報看來往少女的美腿時，我總是在看書（除非少女的美腿美到一定的程度），聚沙成塔，積水成潭，大學四年下來，就在這樣往往返返之間，讀了好幾櫃的閒書。

居遊東京的幾個月，從台灣帶去的讀物是 Dan Brown 的小

說，情節引人入勝，絕對堪稱英文所說的page-turner，當真讓人無法克制地一頁一頁翻下去。不懂日文的我，一邊看書常常沒意識到地鐵到站的廣播，好幾次因為看得太入迷，在錯綜如蛛網的JR線裡坐過頭，或是迷了路。努力破解陌生車站裡的漢字，好不容易輾轉搭上正確的車，重回正軌。上車後翻開小說，又坐過頭。

在英國當交換學生的時候，就讀的學校在南安普敦，當時的女朋友則住在倫敦。窮學生的財力只付得起最便宜的National Express客運，往返兩個城市要六個多小時。英國的高速公路平坦，座位上方冷氣孔旁是專供閱讀的小燈，車窗外常有連綿的草原，草原上正在咀嚼的綿羊一臉無聊。我讀著政治哲學教授指定的《君王論》與《對話錄》，貼地飛行，心思似乎比往常澄明。

當兵的籤運不好，抽到遠在後山的台東。從台北搭下午一點多的自強號，要晚上七點多才到。我總習慣在上車前到台北車站的誠品買一本書，上車後除了在池上火車站下車買月台便當之外，一路埋首書頁，眼睛痠的時候，看看窗外東部的海岸線，六個多小時，正好啃完一本書。但是因為每次收假返回營區，心頭總罩著一層生離死別的傷感（當過兵的人一定知道我在說什麼），所以要刻意避開書中催淚的情節與文句，免得心靈脆弱的自己哭將起來。

開啟補教人生之後，為趕課南來北往已成家常便飯，課多的時候一週台北台中三次來回，有時還兼去台南跟高雄。如果高鐵也可以累積里程數，我一定是白金會員。舟車勞頓，疲憊不堪。這時期的閱讀，是為了擺脫煩悶，是為了提醒自己，世界上除了模擬考卷上的克漏字文義選填閱讀測驗之外，還有很多高妙通透

的文字，構成很多引人深思的篇章。

就在我苦當高鐵人的這三四年間，智慧型手機全面滲透、攻占、征服、接管了人類生活。讓原本就不怎麼讀書的現代人，更是離書千萬里，影響之鉅，秦始皇焚書坑儒與毛主席文化大革命差可比擬。現在火車上、捷運上、高鐵上的人們通常不睡覺、不聽音樂、不看窗外、不想心事，各各都忙著自拍打卡上傳照片發動態標記朋友留言並且回覆留言按讚，並且查看誰按自己讚，同時用 Whatsapp 或 Line 等種種應用程式與熟人或不怎麼熟的人聊天，任何輕如鴻毛的小事都要即刻分享，並附上一張四十五度仰角露溝美照，照片裡帶著瞳孔放大片的眼神沒有靈魂。

古人結交智者，盼求「與君一席話，勝讀十年書。」現代人則是為了無時無刻使用無遠弗屆的網路跟無法計數的人進行無聊透頂的對話，寧可賠上十年無比珍貴無法復返的讀書時間。而且交流的方式日益倚賴圖片影像與貼圖，文字稍多的資訊變得刺眼，不少人甚至分不清楚「在」與「再」的差別，臉書上看到「繼續閱讀」就直接跳過。光速前進的科技之中人類文明光速倒退，彷彿回到穴居時期，需要靠石壁上的圖畫方能溝通。

人生有許多避無可避的大哉問，例如說人是什麼？錢是什麼？性是什麼？愛情是什麼？生命的意義是什麼？什麼是美醜？什麼是好壞？什麼是對錯？日月安屬？列星安陳？這些問題是我們用自己平凡的腦袋思考一輩子也參透不了的，是我們用自己庸俗的際遇折騰一輩子也頓悟不了的，而古往今來，有許多比我們偉大好幾倍的心靈，比我們聰名好幾倍的腦袋，花了好幾輩子的時間代替我們去思考、去折騰，企圖幫世人解開這些糾結在生命褲檔上頭的塊塊疑團。而這些智力與情感蒸餾凝結出來的精華，

07

點滴收錄在書頁上的文字裡頭，我們用一台 iPhone 百分之一的價錢，走進誠品就可以輕易取得。為什麼多數人偏偏不願意取？這也是一個大哉問。

現在，每當在通勤時看到眾人死盯著手機屏幕，手指機械式滑動，表情透著一種缺乏靈性的癡傻，我總是告訴自己：三百日不讀書，面目也毫不可憎。也許他們不是拋棄文字，不是拒絕閱讀，只是重視環保，不忍砍樹造紙，情願用自身的淺薄，換取雨林的蓬勃。

08

If I love you, what business is it of yours?

我愛妳，這件事與妳何干？

GOETHE

歌德

戀愛是各取所需，妳情我願，私相授受。

單戀是個人給予，心甘情願，無悔無尤。

國中是情竇初開的年歲，校園的空氣裡瀰漫著成長初期的清淡賀爾蒙，好像隨時隨地都準備好要愛上誰。國二那年，我喜歡上一個綁著馬尾的白皙女孩，那是一個一見鍾情的故事，也是一個一廂情願的故事。

掃除時間，我與另外三五個男同學，在校門前的外掃區一邊聊天休息，一邊戲弄前來督導的衛生股長，那位女同學盡責地對我們又打又踹又罵，卻顯然也樂在其中，粉掌粉拳，嬌嗔連連。此時，一個別班的男生朋友過來找我，跟我分享一個妙計，說他準備要在愚人節對他暗戀已久的同班同學告白，成則打蛇隨棍上，敗則愚人節快樂，進可攻，退可守。此計如今聽來是爛哏一枚，在當年倒還頗為創新。我表示贊同，誇獎他足智多謀，並且請他領我去看看這個令他魂縈夢繫的女子。

扔下掃具，飛奔至他的班級窗外，他指向一個在講台邊清理板擦的馬尾少女，那少女背對著我們，我們等著她轉身。她終於

做完手邊的工作，回過頭來。看著她的臉，我已經聽不見身旁那位仁兄興高采烈的言語。她慢慢步出教室，到洗手台洗去手上的粉筆灰，甩落水滴，正要返回教室的時候，她似乎注意到我們對她的注意，於是，與我眼神交會了一下。真的只有一下，不到一秒吧，但是，這一眼瞬間，讓我了解到所謂的 love at first sight 不只是一個英文課上學到的片語，不只是電影裡配上浪漫音樂的橋段，不是單單因為對方容貌美好、姿態窈窕而一見傾心，而是在某個時候，你就是註定要愛上某個人，縱使你們素未謀面，仍無損於這份避無可避的必然，仍絲毫沒有餘地可供脫逃轉圜。

那位朋友的愚人大計不了了之，而我的愚人大戲正要開始。

我一向痛恨早起，至今未改。但是，從班上幾個習慣早到的同學口中，聽聞我的心上人每天早晨總是在校門還沒開時就到了，從此，每天五點鬧鐘一響，不管前一晚好睡難睡、有眠無眠，我都從床上一躍而起，套上制服，朝愛情狂奔而去，就為了在校門未開之際，靜靜地在一旁看她十五分鐘。知道她家住在何處之後，我每天晚上都到她家旁邊的漫畫出租店報到，坐在窗邊的位置，為了偶爾可以遠遠望見她走路回家時的背影，運氣好的時候，可以看到側面。還記得當時陪我孤單等候的精神糧食是兩大長篇：森川讓次的《第一神拳》還有黃玉郎的《天子傳奇》。

因為有機會在校園擦肩，上學，成了一件值得期待的事；因為有可能在街頭遇見，放學，成了一件比原本更值得期待的事。

她是管弦樂團的成員，定期會在禮堂表演。喜歡上她之前，我是絕不可能花一個晚上的時間，呆坐台下，聽我根本不懂的音樂。而那個夏夜，我穿上了當時最自豪的外衣，假掰地噴了一身香水，買了一束花，滿懷期待走進禮堂，不是為了附庸風雅欣賞

演奏，而是為了作為一個聽眾，可以在台下肆無忌憚、大大方方地看著她。如果夠有種，表演後也許還敢斗膽抖手獻上花束。那一晚，管弦樂隊演奏了好幾首迪士尼動畫片的主題曲，我不知道任何一首曲目的名字，但那是多麼適合戀愛的樂音呀。我甚至不知道她玉手之上朱唇之下的金屬器物究竟是什麼玩意，但她吹奏樂器的神情，是多麼適合戀愛的風景呀。整晚心蕩神馳的我，終究沒有獻上手中的花，但走回家的路上，沿途街燈光暈醉人，清風拂面生涼，抬頭望見明月當空，這是多麼適合戀愛的晚上呀。

另外一次獻花的機會，是在鳳凰花與驪歌之後了。她功課很好，品學兼優，畢業典禮後要去台北市政府領取市長獎。甫得此情報，我即刻決定於當天隻身殺入市府，獻上我上回沒能獻成的花朵。那時，台北捷運才剛開通沒多久，坐捷運不只是一趟車程，還可以是一個行程，例如，大家放假可能會相約說：「走啊，今天一起去坐個捷運。」所以，天母與信義區之間的距離，可謂艱難險阻千里迢迢。我不遠千里，經過無數次的迷路與問路，終於風塵僕僕抵達。我禮貌詢問市府內部的保全人員：「不好意思，請問一下市長獎的頒獎會場在哪？我想觀禮。」正當我得意於自己故作老練的熟男口吻與專業措詞之時，保全人員冰冷回答：「你是家屬嗎？要有家屬識別證才可以進去。」我頓時如墮冰窖，一路的篳路藍縷披荊斬棘即將白費，五指緊握的花朵幾乎枯萎。

心有不甘的我沒有踏上歸程，繼續在市府大廳徘徊，瞄到角落一席板凳上，端坐一位面容相對和善的保全人員，手裡捧著一本小冊，正在偷閒。我湊近一看，那本小冊是金庸的《俠客行》。我上前攀談，表明志向，並且娓娓述說方才遭遇的波折，

順口加油添醋一番。他遲疑半晌，終於心軟，指著遠處一個頗為隱密的樓梯口說：「不然你從那邊那個樓梯上去，可以遠遠從另一層看，但是不能進去會場。看完就下來，不要亂走。」喜讀武俠之人，確有俠義之心。我謝過這尊指路仙人，轉身就走，踏上樓梯之後更是三階併作兩階，疾速拾級而上，卻在中途遇到三個人影反方向下樓，差點撞個滿懷，三人皆著全套正式西裝。我定睛一看，走在前頭的是兩名隨扈，後面是當年的台北市長馬英九先生。隨扈稍有警戒，馬皇略顯驚懼，但倒也沒有多作盤問，就這麼與我擦肩而過。大概是那天適逢市長獎頒獎典禮，一個手持花束全速狂奔的迷途國中生不足為奇，不至於會是準備花散匕首現的少年刺客。

想當然爾，這束花，最後還是沒能獻出去。

但我可是紮紮實實把那麼年少無知的自己給獻出去了，把如此純粹無暇的真心給獻出去了。

可悲的是，我寫的這麼一大串心事與故事，對方毫不知情。更可悲的是，就算對方完全知情了，結果也不會有一絲差別。這，就是單戀。既然有個「單」字，就絕不可能是兩個人的事。你盡量為愛所苦，反覆折磨自己，把自己磨成粉末了，粉末和在空氣裡，對方吸進鼻子頂多為你打一個噴嚏；你盡量為情所困，甘心焚燒自己，把自己燒成灰燼，灰燼和在空氣裡，對方吸進鼻子還是頂多為你打一個噴嚏。

但是，陷在單戀裡的人，就是願意為了對方的一顰一笑，不計代價，血本無歸；就是願意為了對方的一個噴嚏，不問回報，成粉成灰。

09

The truth is, everyone is going to hurt you.
事實是，每個人都會帶給你傷害。
You just got to find the ones worth suffering for.
你只是必須找到值得為其受苦的那些人。

BOB MARLEY
巴布・馬利

日前在「英文作品悅讀班」裡頭，帶學生們讀聖修伯里的《小王子》。從小王子和那隻狐狸的互動與對話當中，讀出好多人與人之間相處的道理。其中我很喜歡的一段大概是這樣的：

小王子要離開狐狸了，狐狸傷心欲泣。

小王子說：「我從來沒有打算傷害你。是你自己要我馴服你的。」

狐狸說：「是這樣沒錯。」

小王子說：「而你現在難過得要哭了。」

狐狸說：「是這樣沒錯。」

小王子說：「那這樣對你根本沒有任何好處！」

狐狸說：「這樣對我是好的，因為……麥田的顏色。」

所謂名作就是這樣，用幾行簡單樸素的句子，寫出雋永深刻的訊息。小王子的髮色如同麥田，被馴服後的狐狸，縱使沒辦法把小王子留在身邊，但是自此而後，每當牠看見麥田，他就會想起小王子，心中就會有不一樣的感覺。

09

人與人之間的感情也是如此。擁有，就會怕失去；在乎，就會受傷害，來了就會離開。悲喜有時，聚散有時。一個人一輩子真心愛過多少人，就要經歷多少次的重傷。得不到的，要品嚐被拒絕的苦果；得到過的，要承受各分飛的離愁。愛戀越深，傷口越深，有的終其一生無法癒合，有的幸運有人幫忙縫合了，疤痕卻宛若紋身。

然而，愛到值得的人，連那淌流的血都是鮮甜的，連那結痂的線條都是藝術的，連那痛徹心扉的傷口，都是可愛的。

Tennyson 在詩裡這麼說：“It is better to have loved and lost than never to have loved at all.”

「愛過然後失去過，好過從來沒愛過。」

很多時候，日子久了，生活忙了，你總以為自己忘了，但是，無意間聽到某首歌，走過某個路口，聞到某種品牌的香水，看到某部電影在電視上重播，你的心裡仍會泛起漣漪，舊傷仍會隱隱作痛，彷彿看見一片屬於自己的麥田，憶起那個曾經馴服自己的小王子。

或是小公主。

10

Time you enjoy wasting, was not wasted.

在享受中浪費掉的時間，其實並沒有被浪費。

JOHN LENNON

約翰・藍儂

常常跟指考地獄裡的高三考生說：再忍一忍，人生中最爽的四年即將來了！大學時光如此令我神往，很大的原因，在於那大把大把可以拿來「浪費」的時間。

大學時的我，常常跟高中時期的兄弟們胡混：在東區的茶街，就著一杯綠茶，幾樣滷味，通宵討論為什麼這麼多女生愛洋人。接著打網咖打撞球，試著在路邊搭訕美女，約她們進KTV，一路玩鬧到隔天的中午，然後找間簡餐店，坐著繼續討論為什麼那麼多女生愛小開。

不是經世濟民的慷慨陳詞，不是六朝遺風的清談論事，只是窮極無聊的打屁扯淡，浪費時間而已。

大學時的我，常常跟相戀中的女友廝混：騎著腳踏車在校園裡繞著，看到隱密清幽的地點就坐下來卿卿我我。翹課到二輪戲院窩著，為求夠本連續看三到四部電影。站牌旁依依不捨，等著一班又一班公車駛過，等到連末班車都走了，正好有藉口找間便宜的小旅館過夜。

沒有鼓勵對方成長的意圖，沒有規畫彼此未來的打算，只是

兩情相悅地交流著愛意，交換著愛液，浪費時間而已。

大學時的我，常常自己一個人鬼混：週間的下午，趁著芸芸眾生上班上學，城市空曠，在街頭漫無目的地信步遊走，有時帶著一顆籃球到空無一人的球場，投好幾個小時的籃。遇到書店總是要進去，雖然家裡還有好多書沒有讀完；遇到鞋店一定要進去，雖然口袋裡的家教錢早已用完。一時興起也搭車回宜蘭老家，坐在河堤邊，聽著耳機裡的情歌，不想未來，想過去。

不去多培養一些對升學求職有益的專長，不去完成一些可以豐富履歷表的事項，只是隨便，只是疏懶，只是無所事事，浪費時間而已。

如今，兄弟們還是兄弟，只是各奔東西，難得一聚。當初的女友們有的失去聯繫，有的嫁作人妻。可以隨時陪自己混的，好像也只剩自己。

可是，身在功利主義掛帥，有錢有房就帥的大人世界裡，現在的自己都快要成了以前自己最討厭的蠅營狗苟之徒了。

唉，酒肉歲月太匆匆。最想念的，還是被「浪費」掉的那些美好時光。

11

What's money? A man is a success
錢算什麼？早上起床，晚上睡覺，
if he gets up in the morning and goes to bed at night
中間做自己想做的事。
and in between does what he wants to do.
一個人若能如此，就很成功了。

BOB DYLAN
巴布・狄倫

在台東當兵的時候，住的軍舍在山裡，看過不少很大隻的蛤蟆。樣貌醜陋，質感噁心，實在是很不討喜的生物。

Philp Larkin 在他的詩作 "Toads" 中爆怒疾呼：工作，就是一隻他媽的癩蛤蟆。

Six days of the week it soils
With its sickening poison
Just for paying a few bills!
That's out of proportion.

就為了付那幾張帳單，一週六天，放任工作這隻癩蛤蟆用牠那令人反胃的毒液玷汙我們的人生，這實在是太不符合比例原則了。

上班時間，台北捷運與公車上擠滿了人。看看他們的臉孔，

沒有一張歡喜微笑；看看他們的眼眸，沒有一雙靈光閃耀。

因為他們的肩上，都蹲踞著又醜又臭的蛤蟆；因為他們的生活，都沾黏著又腥又稠的汁液。

想想，自從擁有固定的工作，自從背負賺錢的壓力，多久沒有睡到自然醒，一整天全然不掛念職場上的煩心事，好好地看一部電影，翻幾頁書，午睡，下廚做飯，慢跑，親吻自己所愛的人，想睡的時候，就著喜歡的音樂安然入眠。

想想，多久沒有甩下肩膀上那隻骯髒的癩蛤蟆。

其實，對付這隻惱人生物的招數，我們早在中學的國文課本裡學過。沈復的〈兒時記趣〉是這麼說的：「神定，捉蛤蟆，鞭數十，驅之別院。」

從今天起，就把賴著不走的蛤蟆驅逐出境，不要為了錢而工作，更要緊的，不要為了工作賠上生活。

成功並不等於快樂，但是，快樂，絕對算是一種成功。

籠雞有食湯鍋近，野鶴無糧天地寬。

我們都是一群庸碌營生的雞，買的起籠子住的那些還沾沾自喜。

就算暫時也好，就算一天也好，從早上起床到晚上入睡，只做自己喜歡的事。

天遼地闊，偶爾偷懶做一隻飛翔於閒雲之間的野鶴又何妨？

12

Without work, all life goes rotten,
沒有工作，生命會腐朽潰爛，
but when work is soulless, life stifles and dies.
但是當工作沒有靈魂，生命會窒息死亡。

Albert Camus
亞伯特・卡繆

留學倫敦的那段日子裡，看了不少音樂劇，票價不便宜，窮學生如我，多半選擇距離舞台比較遠的位置，座旁一些老嫗老翁級的觀眾眼弱，往往自備望遠鏡。在 Her Majesty's Theatre 觀賞名作 *Phantom of the Opera* 的那次，適逢我的生日，當時一起在英國生活的女友特地準備了前兩排的座位，離舞台很近，幾乎能被演員的唾沫噴濺於臉。

劇到尾聲，魅影對克莉絲汀深情獻唱，一曲完結便是訣別。我清楚看見他沒有被面具遮住的那一半臉，涕淚橫陳，隨著面容抽動，燈光下粼粼閃爍。望著這一幕，感動之餘，我也有疑惑。

這班演員，上午唱完一場，休息一陣，晚上可能還要唱一場，明天，後天，大後天，皆是如此。配樂固定，布景固定，扮相固定，情節固定，唱詞固定，動作固定，走位固定，舞台的乾冰固定，擔綱的角色固定，觀眾的掌聲固定，魅影面具下的男主角週而復始一次又一次演出劇本裡與自己無涉的愛情，他的眼淚何來？他的感動何來？

12

每天反覆做著機械化的事，這些演員何以不成機械？

一年後，在南陽街的補習班，我也每天粉墨登場。舞台是講台，背景是黑板，觀眾是考生，戲服隨興。我的台詞沒有固定，但是講解的課文與題目大同小異：克漏字、文意選填、篇章結構、閱讀測驗，選擇題與非選擇題。我的動作沒有固定，但是寫在黑板上的筆記相差無幾：字根切割、易混淆字、詞類變化，關代關副與分詞構句。

有時週末「兩條龍」，連續兩天早午晚六堂課講解同一份考題，用同樣的句子提醒學生哪些文法要注意，以同樣的笑點引爆哄堂的歡聲笑語。在往返兩個城市的高鐵上吃著同樣的簡單餐點，在課間空檔的時間裡喝著同樣的顧嗓飲料，永劫輪迴似的了無新意之中，漸漸感到靈魂抽離，課堂上的笑話逗得了台下全體，逗不了台上的自己。

但是，哪個工作不是這樣呢？

走進超商看看，千萬次結帳，千萬張發票，千萬聲歡迎光臨謝謝光臨。

打開電視看看，林俊傑唱了千萬次的《江南》，依然溫柔繾綣，讓你我的眼淚差點奪眶而出；PSY 大叔跳了千萬次的《江南 style》，還是生猛有力，讓你我的身體不禁隨之起舞。

工作的場域裡，人人都是機械，只是有些機械略有靈魂，稍微比較像人一點。

情人之間，不用互相給錢，也願意上床歡愛。反之，嫖客不付錢，娼妓不進房。公司付薪水，我們做事，公司不支薪，我們不做事。如此說來，只為錢而工作的人們與雇主之間的關係，本

質上就是嫖娼關係。

只為錢而工作的人們，或多或少都是娼妓，沒有付出靈魂沒有付出感情，拿錢辦事，出賣時間，出賣身體。

然而，工作是我們大半生的親密伴侶，與我們相處的時間，多過親人朋友。倘若工作是恩客，做事單單為了錢財，那過程中的享受都是假的，越是敬業的娼妓，裝得越認真，越是老練的娼妓，裝得越逼真；倘若工作是愛人，甘心付出靈魂，真心獻上自己，才有可能從中獲得紮實的成就感與無偽的快樂。

如果魅影的眼淚是真的，那是一種奢侈。能與自己真心所愛的工作長相廝守到白頭，是商業社會裡滿街滿樓滿城的機械娼妓們求之不得的大幸。

為生活現實所逼的人們，賺夠了錢，快給自己贖身，然後去做真心喜歡的事。如果覺得錢永遠賺不夠，那就繼續為錢工作無妨。

反正這社會，本來就笑貧不笑娼。

13

Happiness in intelligent people is the rarest thing I know.

聰明人的幸福快樂，是我所知最罕見的東西。

ERNEST HEMINGWAY

恩尼斯特・海明威

在英國念書的時候，看了一部極度冷門的電影，片名叫做*Idiocracy*。字典上是查不到這個字的，容我職業病發作，切割一下字根：-cracy 的意思是 rule（統治），例如 autocracy 這個字，就是 aoto-（self）加上 -cracy（rule），自己統治，即為「獨裁」；例如 democray 這個字，就是 demo-（people）加上 -cracy（rule），人民統治，即為「民主」。所以 idiocracy 這個自創字，指的就是由 idiot（白癡）所統治的政體。

電影的背景是這樣的：受過高等教育的聰明人們總是多所顧慮，擔心自己的經濟不夠獨立，擔心另一半的素質不足成家，擔心下一代沒辦法在優渥的環境長大。東憂西慮的狀況下，生的小孩越來越少，甚至很多知識分子乾脆選擇不生，於是基因亦無法傳承。反觀，沒有受過教育，智力相對低落的那些人，無憂無慮，甚至連避孕的基本概念都不健全，便大量產出下一代，使其基因大量延續。一代一代下去，世界就被不斷繁衍的白癡們占領統治了。

這當然是一部惡搞的瞎片，但是聰明人似乎真的總是想太多，想到不敢生孩子的確實也不在少數。越有思慮的人，越常無

端憂慮；越有知識的人，越多憂患意識。聰明的人又特別愛競爭，特別想出頭。沒有的時候想要得到，得到的時候又怕失去；處低位的時候想要往上爬，登峰了之後又怕往下掉。憂讒畏譏，寵辱若驚，心中的平靜安樂，一時半刻都很難得。居廟堂之高則憂其民，處江湖之遠則憂其君。不同的位置，有不同的憂慮，進亦憂，退亦憂，不知何時而樂耶？

更可怕的是，聰明的人們就算沒有憂慮到不敢產出下一代，也會自動把自己的一切憂患與期望加諸在小孩身上，美其名是栽培、是教育，說穿了就是希望子女成龍成鳳，未來在社經地位上可以壓過別人家的小孩。曹操也嘗言：「生子當如孫仲謀，若劉景生之子則豚豬耳。」聰明人都怕生出笨如豬的小孩，一代梟雄也不例外。自己的小孩要聰明亦或快樂，只能二選一的話，多數聰明的父母都會選擇前者。不然的話，曹操的宿敵劉備應該很感驕傲，因為他兒子劉禪的唯一專長就是快樂，甚至還為華語貢獻了「樂不思蜀」這個成語。

只有蘇東坡看得破，因為自覺「我被聰明誤一生」，所以「但願生兒愚且魯」。

中文說「傻人有傻福」，英文也說“Ignorance is bliss.”（無知就是福。）可見，幸福指數往往與憨傻指數掛勾。亞當夏娃正是因為偷嚐智慧之果——蘋果，才被逐出萬樂的伊甸園，開啟了萬代的憂患。滑著蘋果手機，翻著蘋果日報的現代人，是不是偶爾也該犯個傻，偷點單純的快樂嚐嚐。

人生識字憂患始，粗記姓名可以休。

真的聰明，就該懂得笨一點。

14

Life is
生活，
what happens to you while you're busy making other plans.
就發生在你忙著做其它計畫的時候。

JOHN LENNON
約翰・藍儂

對於一切，我是個不太喜歡規劃的人。跟我交往過的姑娘們最常抱怨的也是這點。

小事例如休假出去玩耍，不管是國外還是國內，沒看旅遊書，沒擬行程表，往往車票沒訂好，旅館沒訂好，餐廳沒訂好，錯過不少難得一見的景致，錯失不少非去不可的名勝。其實這也沒什麼，只是現代人習慣了日常生活中緊湊的步調，連休假出遊也弄得危危顫顫，喜歡搞個像是企劃書的旅遊計畫，深恐虛擲時間，一刻不得閒，各站走馬看花蜻蜓點水，自拍上傳打卡發動態，繼續趕往下一站。心裡貓抓狗吠，身體比上班還累。

所以，不愛計畫的我，不特別喜歡旅遊。補習班老闆佛心，上課老師每年可以出國旅遊兩次，機票由公司給付。我沒貪這個便宜。因為，真正令我嚮往的，不是旅遊，是「居遊」：在一個陌生的地方短暫住下，放下原本盤據內心的俗務，緩步體驗當地的生活。不造訪名勝，不探看古蹟，在靜默幽長的巷弄間信步行走，在落葉滿地的公園裡隨意閒坐。不去旅遊書大推的代表性餐

廳朝聖，在住處附近的超市買簡單的當地食材；不上臉書張揚異地的所見所聞，在居室裡午睡閱讀看電視想心事。

沒有旅遊計畫，沒有行程規劃，拒作觀光客，樂當偽居民。

大事例如升學與職涯規劃，大學選科系，申請出國交換學生，成為自由譯者，踏入補教界，全部都是因緣際會。放榜後原本考上台大政治系，有一天下午接到一個朋友電話，說英文97分幹嘛不申請「改分發」，我聽其建議遞出申請表，於是大學開學第一天就收到通知，要我去教務處換取台大外文系的學生證。到英國念書，則是因為當時交往的女友太優秀，已經先後去過德國跟日本作交換學生，見賢思齊，才興起這個念頭。開始做翻譯是在朋友慶生的錢櫃 KTV 包廂裡遇到出版業界的同學，剛退伍的我不願每天西裝筆挺朝九晚五，想謀份可以在家做的工作，於是厚顏自薦。而至今賴以餬口的補教生涯，也始於某個大學同學的慶生飯局。一個在當補習班老師的女同學，覺得我的輕浮態度與嘴賤程度適合走這條路，我仔細想想，似乎也沒有可以反駁之處，就開始了這段披星戴月聲嘶喉啞的日子。

沒有計畫的生活方式，我自己是習慣了。可惜，不是每個人都願意陪著我過這樣的日子。原來，隨著年紀增長，不只旅遊不只求學不只謀職，連單純男歡女愛你情我願的感情，也需要計畫，也需要行程。

踏上補習班講台不久之後，我失去了交往多年，論及婚嫁的女友。因為，對於婚嫁，我只是「論及」，沒有規劃。

我是一個念舊的人，對於過去的點滴回憶，我總能侃侃而談，細細反芻，講著想著，似乎能從中參透一些時間之外生命之內的幽微事理，似乎能多懂得一些關於人世的東西。但是對於未

來，我卻吐不出什麼理想或抱負，無法像許多人一樣，暢論鴻圖遠景，然後循著縝密無暇的規劃，一步一步接近（往往是物質與功名方面的）終極目標。

喜歡回憶的人活在過去，不夠積極進取；喜歡計畫的人耽溺於未來，難道就沒有問題？

補習班高一教室的第一排，坐了一個小胖子，今年小學三年級。他從小學一年級就開始聽高一英文與數學各版本的課程，每個晚上與週末都在補習班度過。小學讀懂高中程度的主科，贏在起跑點上，以後考取建中拼上台大，出國讀 MBA 回國進大企業，這是父母在他身上的擬定好的計畫，需要從小開始布局。有一天下午，我看到小胖子從廁所走出來，依然背著超重的大背包，但是全身換上球衣球褲。我問他今天怎麼有空跟朋友去打球，他說不是，他是要去「補」藍球。媽媽為了要他減肥，分別把他送去三家「補習班」，學習籃球、羽球以及游泳。小胖子講述這段的畫面其實頗逗趣，但我聽著聽著怎麼有點想哭。

大人在職場上為五斗米折腰已經是情非得已，難道非要逼自己的孩子為了未來的五斗米夭折才願意罷休？

人的一生，很多時候還真是規劃未來的一生：少年的時候珠算心算學美語安親班，為了青年的時候進入好學校而規劃。青年的時候考卷講義晚自習南陽街，為了中年的時候有份優渥薪資而規劃。中年的時候開會應酬玩股票搞創投，為了老年時經濟無虞安穩度日而規劃。老年的時候焚香禮佛讀經書茹齋素，為了身後在安樂彼岸有棲身之所而規劃。

人無遠慮，必有近憂。計畫的擬定很重要，計畫的實踐很重

要，計畫的修正很重要，計畫本身也很重要。未來，更是再重要不過的事。但是，生命不是只有未來，還有過往。

還有當下。